Best Time

白 马 时 光

醒来原谅了一切

梁实秋 著

图书在版编目（CIP）数据

醒来原谅了一切 / 梁实秋著 . — 天津：百花文艺出版社，2024.3
　ISBN 978-7-5306-8358-3

Ⅰ．①醒… Ⅱ．①梁… Ⅲ．①散文集－中国－现代 Ⅳ．① I266

中国国家版本馆 CIP 数据核字（2023）第 220786 号

醒来原谅了一切
XING LAI YUANLIANG LE YIQIE
梁实秋　著

出 版 人：薛印胜	
责任编辑：李　信	封面设计：果　丹
特约策划：洪紫玉	
特约编辑：洪紫玉	

出版发行：百花文艺出版社
地　　址：天津市和平区西康路 35 号　邮编：300051
电话传真：+86-22-23332651（发行部）
　　　　　+86-22-23332656（总编室）
　　　　　+86-22-23332478（邮购部）
主　　页：http://www.baihuawenyi.com
印　　刷：三河市金元印装有限公司
开　　本：880 毫米 ×1230 毫米　1/32
字　　数：150 千字
印　　张：7.75
版　　次：2024 年 3 月第 1 版
印　　次：2024 年 3 月第 1 次印刷
定　　价：49.80 元

如有印装质量问题，请与三河市金元印装有限公司联系调换
地　　址：河北省廊坊市三河市杨庄镇杨庄村
电　　话：0316-3650243
邮　　编：065200
版权所有 侵权必究

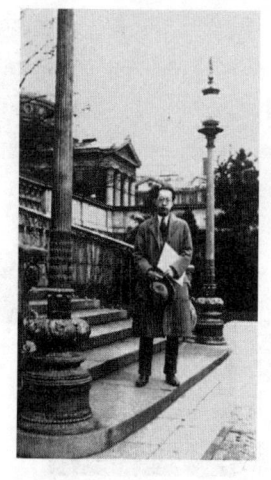

1926 年，就读于哥伦比亚大学的梁实秋。

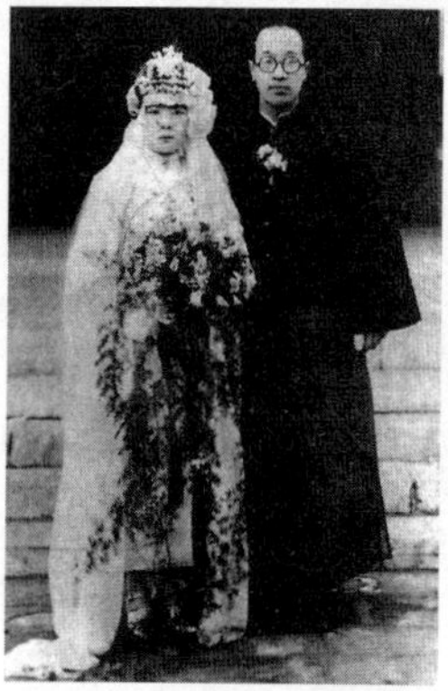

1927 年 2 月 11 日，梁实秋与程季淑在北平欧美同学会会馆举行婚礼。

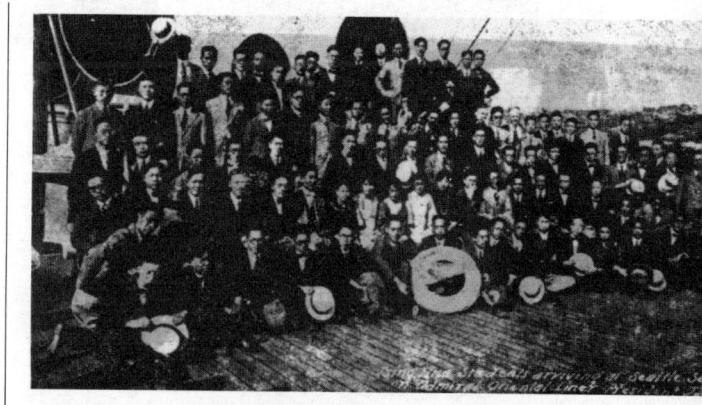

1923 年 9 月，梁实秋与清华学校的毕业生在上海乘杰克逊总统号赴美留学，船上除了清华同学外，还有燕京大学的学生许地山、冰心等。

IANG SHI QIU

梁实秋、程季淑与余光中。

北平沦陷前，梁实秋在北平内务部街寓所。

1967年8月，梁实秋翻译莎士比亚剧作大功告成，台湾学术界为梁实秋举办出版庆祝会。图为梁实秋、程季淑在庆祝会上。

梁实秋与学生进行交流。

目录

辑一

你走之后
树更茂了

槐园梦忆
——悼念故妻程季淑女士
003

辑二

幸得诸君慰平生

辜鸿铭先生轶事 …… 103
记梁任公先生的一次演讲 …… 105
胡适先生二三事 …… 108
忆周作人先生 …… 116
回首旧游
——纪念徐志摩逝世五十周年 …… 123
陆小曼的山水长卷 …… 127
忆沈从文 …… 132
闻一多在珂泉 …… 136
悼念朱湘先生 …… 147
忆老舍 …… 152
忆冰心 …… 157

辑三

记得当时年纪小

"疲马恋旧秣，羁禽思故栖" …… 165
童年生活 …… 174
我在小学 …… 177
记得当时年纪小 …… 188
清华八年 …… 197
《故都乡情》 …… 216
北平年景 …… 219
北平的冬天 …… 223
北平的街道 …… 228
东安市场 …… 232

笑忘后树更茂了

辑一

我不要你风生虎啸，
我愿你老来无事饱加餐。

更茂了

树

你走后

槐园梦忆
——悼念故妻程季淑女士

一

季淑于一九七四年四月三十日逝世,五月四日葬于美国西雅图之槐园(Acacia Memorial Park)。槐园在西雅图市的极北端,通往包泽尔(Bothell)的公路的旁边,行人老远的就可以看见那一块高地,芳草如茵,林木蓊郁,里面的面积很大,广袤约百数十亩。季淑的墓在园中之桦木区(Birch Area),地号是 16-C-33,紧接着的第十五号是我自己的预留地。园里既没有槐,也没有桦,有的是高大的枞杉和山杜鹃之属的花木。此地墓而不坟,墓碑有标准的形式与尺寸,也是平铺在地面上,不是竖立着的,为的是便利机车割草。墓地一片草皮,永远是绿茸茸,经常有人修剪浇水。墓旁有一小喷水池,虽只喷涌数尺之高,但汩汩之泉其声呜咽,逝者如斯,发人深省。往远处看,一层层的树,一层层的山,天高云谲,瞬息万变;俯视近处,则公路蜿蜒,车如流水。季淑就是在这样的一个地方长眠千古。

"圣人忘情,最下不及情,情之所钟,正在我辈。"这是很平实的话。虽不必如荀粲之惑溺,或蒙庄之鼓歌,但夫妻胖合,一旦永诀,则不能不中心惨怛。"美国华盛顿大学心理治疗系教授霍姆斯设计一种计点法,把生活中影响我们的变异,不论好坏,依其点数列出一张表。"(见一九七四年五月份《读者文摘》中文版)在这张表上"丧偶"高列第一,一百点,依次是离婚七十三点,判服徒刑六十三点等等。丧偶之痛的深度是有科学统计的根据的。我们中国文学里悼亡之作亦屡屡见,晋潘安仁有《悼亡诗》三首:

> 荏苒冬春谢,寒暑忽流易。
> 之子归穷泉,重壤永幽隔!
> 私怀谁克从,淹留亦何益?
> 僶俛恭朝命,回心反初役。
> 望庐思其人,入室想所历。
> 帏屏无仿佛,翰墨有余迹。
> 流芳未及歇,遗挂犹在壁。
> 怅恍如或存,回惶忡惊惕。
> 如彼翰林鸟,双栖一朝只;
> 如彼游川鱼,比目中路析。
> 春风缘隙来,晨溜依檐滴。
> 寝兴何时忘,沉忧日盈积。

/ 辑一 /
你走后树更茂了

庶几有时衰,庄缶犹可击。

皎皎窗中月,照我室南端。
清商应秋至,溽暑随节阑。
凛凛凉风升,始觉夏衾单。
岂曰无垂纩,谁与同岁寒?
岁寒无与同,朗月何胧胧!
展转盼枕席,长簟竟床空!
床空委清尘,室虚来悲风。
独无李氏灵,仿佛睹尔容!
抚襟长叹息,不觉涕沾胸。
沾胸安能已,悲怀从中起。
寝兴目存形,遗言犹在耳。
上惭东门吴,下愧蒙庄子。
赋诗欲见志,零落难具纪。
命也可奈何,长戚自令鄙。

曜灵运天机,四节代迁逝。
凄凄朝露凝,烈烈夕风厉。
奈何悼淑俪,仪容永潜翳!
念此如昨日,谁知已卒岁!

改服从朝政，哀心寄私制；
茵帱张故房，朔望临尔祭。
尔祭讵几时，朔望忽复尽。
衾裳一毁撤，千载不复引。
亹亹期月周，戚戚弥相愍。
悲怀感物来，泣涕应情陨。
驾言陟东阜，望坟思纡轸。
徘徊墟墓间，欲去复不忍。
徘徊不忍去，徙倚步踟蹰。
落叶委埏侧，枯荄带坟隅。
孤魂独茕茕，安知灵与无？
投心遵朝命，挥涕强就车。
谁谓帝宫远，路极悲有余！

  这三首诗从前读过，印象不深，现在悼亡之痛轮到自己，环诵再三，从"重壤永幽隔"至"徘徊墟墓间"，好像潘安仁为天下丧偶者道出了心声。故录此诗于此，代摅我的哀思。不过古人为诗最重含蓄蕴藉，不能有太多的细腻的写实的描述。例如，我到季淑的墓上去，我的感受便不只是"徘徊不忍去"，亦不只是"孤魂独茕茕"，我要先把鲜花插好（插在一只半埋在土里的金属瓶里），然后灌满了清水；然后低声的呼唤她几声，我不敢高声喊叫，无此需要，并且也怕惊了她；然后我把一两个星期以来所发生的比较重大的事报告给她，我不能不让她知道她所关切的事；然后我默默的立在她的墓旁，我的心灵不受时空的限制，飞跃出去和她的心灵密切吻合在一起。如果可能，我愿每日在这墓园盘桓，回忆既往，没有一个地方比槐园更使我时时刻刻的怀念。

死是寻常事，我知道，堕地之时，死案已立，只是修短的缓刑期间人各不同而已。但逝者已矣，生者不能无悲。我的泪流了不少，我想大概可以装满罗马人用以殉葬的那种"泪壶"。有人告诉我，时间可以冲淡哀思。如今几个月已经过去，我不再泪天泪地的哭，但是哀思却更深了一层，因为我不能不回想五十多年的往事，在回忆中好像我把如梦如幻的过去的生活又重新体验一次，季淑没有死，她仍然活在我的心中。

二

季淑是安徽省徽州绩溪县人。徽州大部分是山地，地瘠民贫，很多人以种茶为业，但是皖南的文风很盛，人才辈出。许多人外出谋生，其艰苦卓绝的性格大概和那山川的形势有关。季淑的祖父程公讳鹿鸣，字蘋卿，早岁随经商的二伯父到了京师。下帷苦读，场屋连捷，后实授直隶省大名府知府，勤政爱民，不义之财一芥不取，致仕时囊橐以去者仅万民伞十余具而已。其元配逝时留下四女七子，长子讳佩铭，字兰生，即季淑生父。后再续娶，又生二子。

故程府人丁兴旺，为旅食京门一大家族。季淑之母吴氏，讳浣身，安徽歙县人，累世业茶，寄籍京师。季淑之父在京经营笔墨店程五峰斋，全家食指浩繁，生活所需皆取给于是，身为长子者，为家庭生计而牺牲其读书仕进。季淑之母位居长嫂，俗云"长嫂比母"，于是操持家事，艰苦备尝，而周旋于小姑、小叔之间，其含辛茹苦更不待言。科举废除之后，笔墨店之生意一落千丈，程五峰斋终于倒闭。季淑父只身走关外，不久殁于客中。时季淑尚在髫龄，年方九岁，幼年失怙，打击终身。季淑同胞五人，大姐孟淑长季淑十一岁，适丁氏，抗战期间①在川尚曾晤及，二姐仲淑、兄道立、弟道宽则均于青春有为之年死于肺痨。与母氏始终相依为命者，惟季淑一人。

季淑的祖父，六十岁患瘫痪，半身不遂而豪气未减，每天看报，看到贪污枉法之事，就拍桌大骂，声震屋瓦。雅好美食，深信"七十非肉不饱"之义，但每逢朔望，则义必定茹素为全家祈福，茹素则哽咽不能下咽，于是非嫌油少，即怪盐多。有一位叔父乘机进言："曷不请大嫂代表茹素，双方兼顾？"一方是"心到神知"之神，一方是非肉不饱的老者。从此我的岳母朔望代表茹素，直到祖父八十寿终而后已。叔父们常常宴客，宴客则请大嫂下厨，家里虽有厨师，佳肴仍需亲自料理，灶前伫立过久，足底生茧，以至老年不良于行。平素家里用餐，长幼有别，男女有别，媳妇、

---

① 文中所指的"抗战"，指 1937 年至 1945 年的全面抗日战争。编者注。

孙女常常只能享受一些残羹剩炙。有一回，一位叔父扫除房间，命季淑抱一石屏风至户外拂拭，那时她只有十岁光景，出门而踣，石屏风破碎。叔父大怒，虽未施夏楚，但诃责之余，复命长跪。

季淑从小学而中学而国立北京女高师之师范本科，几乎在饔飧不继的情形之下，靠她自己努力奋斗而不辍学，终于一九二一年六月毕业。从此她离开了那个大家庭，开始她的独立的生活。

三

季淑于女高师的师范本科毕业之后，立刻就得到一份职业。由于她的女红特佳，长于刺绣，她的一位同学欧淑贞女士任女子职业学校校长，约她去担任教师。我就是在这个时候认识她的。

我们认识的经过是由于她的同学好友黄淑贞（湘翘）女士的介绍，"取妻如何，匪媒不得"。淑贞的父亲黄运兴先生和我父亲是金兰之交，他是湖南沅陵人，同在京师警察厅服务，为人公正、率直而有见识，我父亲最敬重他。我当初之投考清华学校也是由于这位父执之极力怂恿。其夫人亦是健者，勤俭耐劳，迥异庸流。淑贞在女高师体育系，和季淑交称莫逆，我不知道她怎么想起把她的好友介绍给我。她没有直接把季淑介绍给我。她是浼她母亲（父已去世）到我家正式提亲作媒的。我在周末回家时，在父亲书房桌上信斗里发现一张红纸条，上面恭楷写着："程季淑，安徽绩溪人，年二十岁，一九〇一年二月十七日寅时生。"我的心一动。

过些日我去问我大姐，她告诉我是有这么一回事，并且她说已陪母亲到过黄家去相亲，看见了程小姐。大姐很亲切的告诉我说："我看她人挺好，蛮斯文的，双眼皮，大眼睛，身材不高，腰身很细，好一头乌发，绾成一个髻堆在脑后，一个大篷覆着前额。我怕那篷下面遮掩着疤痕什么的，特地搭讪着走过去，一面说着'你的头发梳得真好'，一面掀起那发篷看看……"我赶快问："有什么没有？"她说："什么也没有。"我们哈哈大笑。

事后想想，这事不对，终身大事须要自作主张。我的两个姐姐和大哥都是凭了媒妁之言和家长的决定而结婚的。这时候是五四运动后两年，新的思想打动了所有的青年。我想了又想，决定自己直接写信给程小姐问她愿否和我做个朋友。信由专差送到女高师，没有回音，我也就断了这个念头。过了很久，时届冬季，我忽然接到一封匿名的英文信，告诉我"不要灰心，程小姐现在女子职业学校教书，可以打电话去直接联络……"等语。朋友的好意真是可感，我遵照指示，大胆的拨了一个电话给一位夙未谋面的小姐。

季淑接了电话，我报了姓名之后，她一惊，半晌没说出话来。我直截了当的要求去见面一谈，她支支吾吾的总算是答应我了。她生长在北京，当然说的是道地的北京话，但是她说话的声音之柔和清脆是我所从未听到过的。形容歌声之美往往用"珠圆玉润"四字，实在是非常恰当。我受了刺激，受了震惊，我在未见季淑之前先已得到无比的喜悦。莎士比亚在《李尔王》五幕三景有一句话：

/ 辑一 /
你走后树更茂了

Her voice was ever soft,
Gentle and low, an excellent thing in woman.

她的言语总是温和的,
轻柔而低缓,是女人最好的优点。

好不容易熬到会见的那一天!那是一个星期六午后,我只有在周末才能进城。由清华园坐人力车到西直门,约一小时,我特别感觉到那是漫漫的长途。到西直门换车进城。女子职业学校在宣武门外珠巢街,好荒凉而深长的一条巷子,好像是从北口可以望到南城根。由西直门走了半个多小时,终于找到了这条街上的学校。看门的一个老头儿引我进入一间小小的会客室。等了相当长久的时间,一阵唧唧哝哝的笑语声中,两位小姐推门而入。这两位我都是初次见面。黄小姐的父亲我是见过多次的,她的相貌很像她的父亲,所以我立刻就知道另一位就是程小姐。但是黄小姐还是礼貌的给我们介绍了。不大的工夫,黄小姐托故离去,季淑急得直叫:"你不要走,你不要走!"我们两个互相打量了一下,随便扯了几句淡话。季淑确是有一头乌发,如我大姐所说,发髻贴在脑后,又圆又凸,而又亮晶晶的,一个松松泡泡的发篷覆在额前。我大姐不轻许人,她认为她的头发确实处理得好。她的脸上没有一点脂粉,完全本来面目,她若和一些浓妆艳抹的人出现在一起,会令人有异样的感觉。我最不喜欢上帝给你一张脸而你自己另造一张。季淑穿的是一件灰蓝色的棉袄,一条黑裙子,长抵膝头。我偷眼往桌下一看,发现她穿着一双黑绒面的棉毛窝,上面凿了许多孔,系着黑带子,又暖和又舒服的样子。衣服、裙子、毛窝,显然全是自己缝制的。她是百分之百的一个朴素的女学生。我那一天穿的是一件蓝呢长袍,挽着袖口。胸前挂着清华的校徽,穿着一双棕色皮鞋。好多年后季淑对我说,她喜欢我那一天的装束,也因为那是普通的学生样子。那时候我照过一张全身立像,我举以相赠,季淑一直偏爱这张照片,后来到了台湾,她还特为放大,悬在寝室。我在她入殓的时候把这张照片放进棺内,我对着她的尸体告别说:"季淑,我没有别的东西送给你,你把你所最喜爱的照片拿去吧!它代表我。"

　　短暂的初次会晤大约有半小时。屋里有一个小火炉,阳光照在窗户纸上,使小屋和暖如春。这是北方旧式房屋冬天里所特有的一种气氛。季淑不是健谈的人,她有几分矜持,但是她并不羞涩。我起立告辞,我没有忘记在分手之前先约好下次会面的时间与地点。

　　下次会面是在一个星期后,地点是中央公园。人类的历史就是由一个男人一个女人在一个花园里开始的。中央公园地点适中,而且有许多地方可以坐下来休息。惟一讨厌的是游人太多,像来今雨轩、春明馆、水榭,都是人挤人、人看人的地方,为我们所不取。我们愿意找一个僻静的亭子、池边的木椅或石头的台阶。这种地方又往往为别人捷足先登或盘据取闹。我照例是在约定的时间前十五分钟到达指定的地点。和任何人要约,我也不愿迟到。我通常是在水榭的旁边守候,因为从那里可以望到公园的门口。等人是最令人心焦的事,一分一秒的耗着,不知看多少次手表,可是等到你所期待的人远远的姗姗而来,你有多少烦闷也丢到九霄云外去了。季淑不愿先我而至,因为在那个时代,一个年轻女子只身在公园里踱着是会引起麻烦来的。就是我们两个并肩在路上行走,也常有些不三不四的人在吹口哨。

有时候我们也到太庙去相会。那地方比较清静,最喜的是进门右手一大片柏树林,在春暖以后有无数的灰鹤停驻在树颠,嘹唳的声音此起彼落,有时候轰然振羽破空而去。在不远处设有茶座,季淑最喜欢鸟,我们常常坐在那里对着灰鹤出神。可是季节一过,灰鹤南翔,这地方就萧瑟不堪,连坐的地方也没有了。北海当然是好去处,金鳌玉蝀的桥我们不知走过多少次数;漪澜堂是来往孔道,人太杂沓;五龙亭最为幽雅;大家挤着攀登的小白塔,我们就不屑一顾了。电影偶尔也看,在"真光"看的飞来伯主演的《三剑客》。丽琳·吉施主演的《赖婚》至今印象犹新,其余的一般影片则我们根本看不进去。

清华一位同学戏分我们一班同学为九个派别,其一曰"主日派",指每逢星期日则精神抖擞整其衣冠进城去做礼拜,风雨无阻,乐此不倦,当然各有各的崇拜偶像,而其衷心向往、虔心归主之意则一。其言虽谑,确是实情。这一派的人数不多,因为清华园是纯粹男性社会,除了几个洋婆子教师和若干教师眷属之外,看不到一个女性。若有人能有机缘进城会晤女友,当然要成为令人羡慕的一派。我自度应属于此派。可怜现在事隔五十余年,我每逢周末又复怀着朝圣的心情去到槐园墓地,捧着一束鲜花去做礼拜!

不要以为季淑和我每周小聚是完全无拘无束的享受。在我们身后吹口哨的固不乏人,不吹口哨的人也大都对我们投以惊异的眼光。这年轻轻的一男一女,在公园里彳亍而行,喁喁而语,是做什么的呢?我们格于形势,只能在这些公开场所谋片刻的欢晤。季淑的家是一个典型的大家庭,人多口杂。按照旧的风俗,一个二十岁的大姑娘和一个青年男子每周约会在公共场所出现,是骇人听闻的事,罪当活埋!冒着活埋的危险在公园里游憩啜茗,不能说是无拘无束。什么事季淑都没瞒着她的母亲,母亲爱女心切,没有责怪她,反而殷殷垂询,鼓励她,同时也警戒她要一切慎重,无论如何不能让叔父们知道。所以季淑绝对不许我到她家访问,也不许寄信到她家里。我的家简单一些,也没有那么旧,但是也没有达到可以公开容忍我们的行为的地步。只有我的三妹绣玉(后改亚紫)知道我们的事,并且同情我们,帮助我们。她们很快的成为好友,两个人合照过一张像,我保存至今。三妹淘气,有一次当众戏呼季淑为二嫂,后来季淑告诉我,当时好窘,但是心里也有一丝高兴。

事有凑巧,有一天我们在公园里的四宜轩品茗。说起四宜轩,这是我们毕生不能忘的地方。名为四宜，大概是指四季皆宜，"春有百花秋有月，夏有凉风冬有雪"。四宜轩在水榭对面，从水榭旁边的土山爬上去，下来再钻进一个乱石堆成的又湿又暗的山洞，跨过一个小桥便是。轩有三楹，四面是玻璃窗。轩前是一块平地，三面临水，水里有鸭。有一回冬天大风雪，我们躲在四宜轩里，另外没有一个客人，只有茶房偶然提着开水壶过来。在这里，我们初次坦示了彼此的爱。现在我说事有凑巧的一天是在夏季，那一天我们在轩前平地的茶座休息，在座的有黄淑贞。我突然发现不远一个茶桌坐着我的父亲和他的几位朋友。父亲也看见了我，他走过来招呼，我只好把两位小姐介绍给他。季淑一点也没有忸怩不安，倒是我觉得有些局促。我父亲代我付了茶资，随后就离去了。回到家里，父亲问我："你们是不是三个人常在一起玩？"我说："不，黄淑贞是偶然遇到邀了去的。"父亲说："我看程小姐很秀气，风度也好。"从此父亲不时的给我钱，我推辞不要，他说："拿去吧，你现在需要钱用。"父亲为儿子着想是无微不至的。从此父亲也常常给我劝告，为我出主意，我们后来婚姻成功多亏父亲的帮助。

一九二二年夏，季淑辞去女职的事，改任石驸马大街女高师附属小学的教师。附小是季淑的母校，校长孙世庆原是她的老师，孙校长特别赏识她，说她稳重，所以聘她返校任职。季淑果不负他的期望，在校成为最肯负责的教师之一，屡次得到公开的褒扬。我常到附小去晤见季淑，然后一同出游。我去过几次之后，学校的传达室工友渐感不耐,我赶快在节关前后奉上银饼一枚,我立刻看到了一张笑逐颜开的脸,以后见了我,不等我开口就说:"梁先生您来啦,请会客室坐,我就去请程先生出来。"会客室里有一张鸳鸯椅,正好容两个人并坐。我要坐候很久,季淑才出来,因为从这时候起她开始知道修饰,每和我相见必定盛装。王右家是她这时候班上的学生之一。抗战爆发后我在天津罗努生、王右家的寓中下榻旬余日,有一天右家和我闲聊,她说:

"实秋你知道么,你的太太从前是我的老师?"

"我听内人说起过,你那时是最聪明美丽的一个学生。"

"哼,程老师是我们全校三十几位老师中之最漂亮的一位。每逢周末她必定盛装起来,在会客室晤见一位男友,然后一同出去。我们几个学生就好奇的麇集在会客室的窗外往里窥视。"

我告诉右家,那男友即是我。右家很吃一惊。我回想起,那时是有一批淘气的女孩子在窗外唧唧嘎嘎。我们走出来时,也常有蹦蹦跳跳的孩子们追着喊:"程老师,程老师!"季淑就拍着她们的脑袋说:"快回去,快回去!"

"你还记得程老师是怎样的打扮么?"我问右家。

右家的记忆力真是惊人。她说:"当然。她喜欢穿的是上衣之外加一件紧身的黑缎背心,对不对?还有藏青色的百褶裙。薄薄的丝袜子,尖尖的高跟鞋。那高跟足有三寸半,后跟中细如蜂腰,黑绒鞋面,鞋口还锁着一圈绿丝线……"

我打断了她的话："别说了，别说了，你形容得太仔细了。"于是我们就泛论起女人的服装。右家说：

"一个女人最要紧的是她的两只脚。你没注意么，某某女士，好好的一个人，她的袜子好像是太松，永远有皱褶，鞋子上也有一层灰尘，令人看了不快。"

我同意她的见解，我最后告诉她莎士比亚的一句名言："她的脚都会说话。"（见《脱爱勒斯与克莱西达》第四幕第五景）

右家提起季淑的那双高跟鞋，使我忆起两件事。有一次我们在公园里散步，后面有几个恶少紧随不舍，其中有一个人说："嘿，你瞧，有如风摆荷叶！"虽然可恶，我却觉得他善于取譬。后来我填了一首《卜算子》，中有一句"荷叶迎风舞"，即指此事。又有一次，在来今雨轩后面有一个亭子，通往亭子的小径都铺满了鹅卵石，季淑的鞋跟陷在石缝中间，扭伤了踝筋，透过丝袜可以看见一块红肿，在亭子里休息很久我才搀扶着她回去。

"五四"以后，写白话诗的风气颇盛。我曾说过，一个青年，到了"怨黄莺儿作对，怪粉蝶儿成双"的时候，只要会说白话，好像就可以写白话诗。我的第一首情诗，题为《荷花池畔》，发表在《创造》季刊，记得是第四期，成仿吾还不客气的改了几个字。诗没有什么内容，只是一团浪漫的忧郁。荷花池是清华园里惟一的风景区，有池有山有树有石栏，我在课余最喜欢独自一个在这里徘徊。诗共八节，节四行，居然还凑上了自以为是的韵。我把诗送给父亲看，他笑笑避免批评，但是他建议印制自己专用的诗笺，他负责为我置办，图案由我负责。这是对我的一大鼓励。我当即参考图籍，用双钩饕餮纹加上一些螭虎，画成一个横方的宽宽的大框，框内空处写诗。由荣宝斋精印，图案刷浅绿色。朋友们写诗的人很多，谁也没见过这样豪华的壮举。诗，陆续作了几十首，我给我的朋友闻一多看，他大喜若狂，认为得到了一个同道的知己。我的诗稿现已不存，只是一多所做《〈冬夜〉评论》一文里引录了我的一首《梦后》，诗很幼稚，但是情感是真的：

"吾爱啊！
你怎又推荐那孤单的枕儿，
伴着我眠，偎着我的脸？"

醒后的悲哀啊！
梦里的甜蜜啊！

我怨雀儿，
雀儿还在檐下蜷伏着呢！
他不能唤我醒——
他怎肯抛弃了他的甜梦呢？

/ 辑一 /
你走后树更茂了

"吾爱啊!
对这得而复失的馈礼,
我将怎样的怨艾呢?
对这缥缈浓甜的记忆,
我将怎样的咀嚼哟!"

孤零零的枕儿啊!
想着梦里的她,
舍不得不偎着你;
她的脸儿是我的花,
我把泪来浇你!

不但是白话,而且是白描。这首诗的故实是起于季淑赠我一个枕套,是她亲手缝制的,在雪白的绸子上,她用抽丝的方法在一边挖出一朵一朵的小花,然后挖出一串小孔穿进一根绿缎带,缎带再打出一个同心结。我如获至宝,套在我的枕头上,不大不小正合适。伏枕一梦香甜,矍然惊觉,感而有作。其实这也不过是《诗经》所谓"寤寐无为,辗转伏枕"的意思。另外还有一首《咏丝帕》,内容还记得,字句记不得了。我与季淑约会,她从来不曾爽约,只有一次我候了一小时不见她到来。我只好懊丧的回去,事后知道是意外发生的事端使她迟到,她也是怏怏而返。我把此事告诉一多,他责备我未曾久候，他说："你不知道尾生的故事么？《汉书·东方朔传》注：'尾生，古之信士，与女子期于桥下，待之不至，遇水而死。'"这几句话给了我一个启示，我写一首长诗《尾生之死》，惜未完成，仅得片断。

四

两年多的时间过得好快，一九二三年六月我在清华行毕业礼，八月里就要放洋，这在我是一件很忧伤的事。我无意到美国去，我当时觉得要学文学应该留在中国，中国的文学之丰富不在任何国家之下，但是季淑见事比我清楚，她要我打消这个想法，毅然准备出国。

行毕业礼的前些天，在清华礼堂晚上演了一出新戏《张约翰》，是顾一樵临时赶编的。戏里面的人物有两个是女的，此事大费踌躇，谁也不肯扮演女性。最后由吴文藻和我自告奋勇才告解决。我把这事告诉季淑，她很高兴。在服装方面向她请教，她答应全力帮助，她亲手为我缝制，只有鞋子无法解决，季淑的脚比我小得太多。后来借到我的图画教师、美籍黎盖特小姐的一双白色高跟鞋，在鞋尖处塞了好大一块棉花才能走路。我邀请季淑前去观剧，当晚即下榻清华，由我为她预备一间单独的寝室。她从来没到过清华，现在也该去参观一次。想不到她拒绝了。我坚请，她坚拒。最后她说："你若是请黄淑贞一道去，我就去。"我才知道她需要一个伴护。那一天，季淑偕淑贞翩然而至。我先领她们绕校一周，在荷花池畔徘徊很久，在亭子里休息，然后送她们到高等科大楼的楼上我所特别布置的一间房屋。那原是学生会的会所，临时送进两张钢丝床。工友送茶水，厨房送菜饭，这是一个学生所能做到的最盛大的招待。在礼堂里，我保留了两席最优的座位。戏罢，我问季淑有何感受，她说："我不敢仰视。"我问何故，她笑而不答。我猜想，是不是因为"良人者所仰望而终身也，今若是！"好久以后问她，她说不是："我看你在台上演戏，我心里喜欢，但是我不知为什么就低下了头，我怕别人看我！"

清华的留学官费是五年，三年期满可以回国就业实习，余下两年官费可以保留，但实习不得超过一年。我和季淑约定，三年归来结婚。所以我的父母和我谈起我的婚事，我便把我和季淑的成约禀告。我的父母问我要不要在出国之前先行订婚，我说不必，口头的约定有充足的效力。也许我错误了。也许先有订婚手续是有益的，可以使我安心在外读书。

季淑的弟弟道宽在师大附中毕业之后，叔父们就忙着为他觅求职业。正值邮局招考服务人员，命他前去投考，结果考取了。季淑不以为然，要他继续升学。叔父们表示无力供给，季淑就说她可以担负读书费用。事实上季淑在女师附小任教的课余时间尚兼两个家馆，待遇还算优厚，所以她有余力一面侍奉老母，一面供给弟弟，虽然工作劳累，但她情愿独力担起弟弟就学的负担。但是叔父们不赞成，明言要早日就业，分摊家用。他本人也不愿累及胞姐，乃决定就业。那份工作很重，后来感染结核之后力疾上班，终于不起。道宽就业不久，更严重的问题逼人而来。叔父们要他结婚，季淑乃挺身抗议，以为他的年纪尚小，健康不佳，应稍从缓。叔父们的意见以为授室之后才算是尽了提携侄辈的天职，于心方安；同时冷言讥诮："是不是你自己想在你弟弟之先结婚？"道宽怯懦，禁不起大家庭的压迫，遂遵命结婚。妻李氏，人很贤淑，不幸不久亦感染结核症相继而逝。

也许是一年多来我到石驸马大街去的回数太多了一点，大约五六十次总是有的。学生如王右家只注意到了程老师的漂亮，同事当中有几位有身世之感的人可就觉得看不顺眼。渐渐有人把话吹到校长孙世庆的耳里。孙先生头脑旧一些，以为青年男女胆敢公然缔交出入黉舍，纵然不算是大逆不道，至少是有失师道尊严，所以这一年夏天季淑就没收到续聘书。没得话说，卷铺盖。不同时代的人，观念上有差别，未可厚非。季淑也自承疏忽，不该贪恋那张鸳鸯椅，我们应该无间寒暑的到水榭旁边去见面；所以我们对于孙世庆没有怨言。倒是他后来敌伪时期做了教育局长，晚节不终，以至于明正典刑，我们为他惋惜。季淑决定乘我出国期间继续求学，于是投考国立美术专科学校，专习国画，晚间两个家馆的收入足可维持生活。榜发获捷，我们都很欢喜。

除了一盒精致信笺、信封以外，我从来没送过她任何东西。

/ 辑一 /
你走后树更茂了

我深知她的性格，送去也会被拒。那一盒文具，也是在几乎不愉快的情形之下才被收纳的。可是在长期离别之前不能不有馈赠，我在廊房头条太平洋钟表店买了一只手表，在我们离别之前最后一次会晤时送给了她。我解下她的旧的，给她戴上新的，我说："你的手腕好细！"真的，不盈一握。

季淑送我一幅她亲自绣的《平湖秋月图》，是用乱针方法绣的，小小的一幅，不过"7寸×10.2寸"，有亭有水有船有树，是很好的一幅图画，配色尤为精绝。在她毕业于女高师的那一年夏天，她们毕业班曾集体作江南旅行，由南京、镇江、苏州、无锡、上海以至杭州，所有的著名风景区都游览殆遍。我们常以彼此游踪所至作为我们谈话的资料。我们都爱西湖，她曾问我西湖八景之中有何偏爱，我说我最喜"平湖秋月"，她也正有同感。所以她就根据一张照片绣成一幅图画给我。那大片的水，大片的天，水草树木，都很不容易处理。我把这幅绣画带到美国，被一多看到，大为击赏。他引我到一家配框店选择了一个最精美而又色彩最调和的框子，悬在我的室中，外国人看了认为是不可想象的艺术作品。可惜半个世纪过后，有些丝线脱跳，色彩褪了不少，大致还是完好的。

我在八月初离开北京。临行前一星期我请季淑午餐，地点是劝业场三楼玉楼春。我点了两个菜之后要季淑点，她是从来不点菜的，经我逼迫，她点了"两做鱼"，因为她偶然听人说起广和居的两做鱼非常可口，初不知是一鱼两做。饭馆也恶作剧，竟选了一条一尺半长的活鱼，半烧半炸，两大盘子摆在桌上，我们两个面面相觑，无法消受。这件事我们后来说给我们的孩子听，都不禁呵呵大笑。文蔷最近在饭馆里还打趣的说："妈，你要不要吃两做鱼？"这是我们年轻时候的韵事之一。事实上她是最喜欢吃鱼，如果有干烧鲫鱼佐餐，什么别的都不想要了。在我临行的前一天，她在来今雨轩为我饯行，那一天又是风又是雨。我到了上海之后，住在旅馆里，创造社的几位朋友天天来访，逼我给《创造周报》写点东西，辞不获已，写了一篇《凄风苦雨》，完全是季淑为我饯行时的忠实纪录，文中的陈淑即是程季淑。其中有这样的一段：

  雨住了。园里的景象异常清新，玳瑁的树枝缀着翡翠的树叶，荷池的水像油似的静止，雪氅黄喙的鸭子成群的叫。我们缓步走出水榭，一阵土湿的香气扑鼻；沿着池边小径走上两旁的甬道。园里还是冷清清的，天上的乌云还在互相追逐着。
  "我们到影戏院去吧，天雨人稀，必定还有趣……"她这样的提议。我们便走进影戏院。里面观众果似晨星般稀少，我们便在僻处紧靠着坐下。铃声一响，屋里昏黑起来，影片像逸马一般在我眼前飞游过去，我的情思也跟着像机轮旋转起来。我们紧紧的握着手，没有一句话说。影片忽的一卷演讫，屋里光线放亮了一些，我看见她的乌黑眼珠正在不瞬的注视着我。
  "你看影戏了没有？"

她摇摇头说:"我一点也没有看进去,不知是些什么东西在我眼前飞过……你呢?"

我笑着说:"和你一样。"

我们便这样的在黑暗的影戏院里度过两个小时。

我们从影戏院出来的时候,蒙蒙细雨又在落着,园里的电灯全亮起来了,照得雨湿的地上闪闪发光。远远的听到钟楼的当当的声音,似断似续的波送过来,只觉得凄凉黯淡……我扶着她缓缓的步入餐馆。疏细的雨点——是天公的泪滴,洒在我们身上。

她平时是不饮酒的,这天晚上却斟满一盏红葡萄酒,举起杯来低声的说:

"祝你一帆风顺,请尽这一杯!"

我已经泪珠盈睫了,无言的举起我的一杯,相对一饮而尽。餐馆的侍者捧着盘子在旁边诧异的望着我们。

我们就是这样的开始了我们的三年别离。

五

一九二三年九月一日我到达美国,随即前往科罗拉多泉去上学。那是一个山明水秀的风景地,也有的是惝兮燎兮的人物,但是我心里想的是:

> 出其东门，有女如云。
>
> 虽则如云，匪我思存。
>
> 缟衣綦巾，聊乐我员。
>
> 出其闉闍，有女如荼。
>
> 虽则如荼，匪我思且。
>
> 缟衣茹藘，聊可与娱。

人心里的空间是有限的，一经塞满便再也不能填进别的东西。我不但游乐无心，读书也很勉强。

季淑来信报告我她顺利入学的情形，选的是西洋画系，很久时间都是花在素描上面；天天面对着石膏像，左一张右一张的炭画。后来她积了一大卷给我看，我觉得她画得相当好。她的线条相当有力，不像一般女子的纤弱。一多告诉我，素描是绘画的基本功夫，他在芝加哥一年也完全是炭画素描。季淑下半年来信说，她们已经开始画裸体模特儿了，男女老少的模特儿都有，比石膏像有趣得多。我买了一批绘画用具寄给她，包括木炭、橡皮、水彩、油料等等。这木炭和橡皮，比国内的产品好，尤其是那海绵似的方块橡皮，松软合用。国内学生用面包代替橡皮，效果当然不好。季淑用我寄去的木炭和橡皮，画得格外起劲。同学们艳羡不置，季淑便以多余的分赠给她的好友们。油画，教师们不准她们尝试，水彩还可以勉强一试。季淑有了工具，如何能不使用？偕了同学外出写生，大家用水彩，只有她有油料可用。她每次画一张画，都写信详告，我每次接到信，都仔细看好几遍。我写信给她，寄到美专，她特别关照过学校的号房工友，有信就存在那里，由她自己去取。有一次工友特别热心，把我的信转寄到她家里去。信放在窗台上，幸而没有被叔父们撞见，否则拆开一看，必定天翻地覆。

天翻地覆的事毕竟几乎发生。大约我出国两个月后，季淑来信，她的叔父们对她母亲说："大嫂，三姑娘也这么大了，老在外面东跑西跑也不像一回事，我们打算早一点给她完婚。××部里有一位科员，人很不错，年龄么……男人大个十岁八岁也没有关系。"这是通知的性质，不是商酌，更不是征求同意。这种情况早在我们料想之中，所以季淑按照我们预定计划应付，第一步是把情况告知黄淑贞，第二步是请黄家出面通知我的父母，由我父母央人出面正式作媒，同时由我作书禀告父母，请求作主，第三步是由季淑自己出面去恳求比较温和开通的八叔，惠予谅解。关键在第三步。她不能透露我们已有三年的交往，更不能说已有成言，只能扯谎，说只和我见过一面，但已心许。八叔听了觉得好生奇怪，此人既已去美，三年后才能回来，现在订婚何为？假使三年之后有变化呢？最后他明白了，他说："你既已心许，我们也不为难你，现在一切作为罢论，三年以后再说。"这是最理想的结果，由于季淑的善于言辞，我们原来还准备了第四步，但是不需要了。可是此一波折，使我心情久久不能平复。

北京国立八校的教职员因政府欠薪而闹风潮，美专奉令停办。季淑才学了一年素描即告失学。一九二四年夏，我告别了风景优美的科罗拉多泉而进入哈佛研究院，季淑离开了北京而就教职于香山慈幼院。一九一七年熊希龄凭其政治地位领有香山全境，以风景最佳之"双清"为其别墅，以放领土地之收入举办慈幼院，由其夫人主持之。因经费宽裕，校址优美，慈幼院在北京颇有小名。季淑受聘是因为她爱那个地方。凡是名山胜水，她无不喜爱，这是她毕生的嗜好。在香山两年，她享尽了清福，虽然那里的人事复杂，一群蝇营狗苟的势利之辈环拱着炙手可热的权贵人家。季淑除了教书之外，一切不闻不问。她的宿舍离教室很远，要爬山坡，并且有数百级石阶，上下午各走一趟，但不以为苦。周末常约友好骑驴，游踪遍及八大处。西山一带的风景，她比我熟，因为她在香山有两年的勾留。

季淑的宿舍在山坡下，她的一间是在一排平房的中间，好像是第三个门。门前有一条廊檐。有一天阴霾四合，山雨欲来，一霎间乌云下坠，雨骤风狂。在山地旷野看雨，是有趣的事。季淑独在檐下站着，默默的出神，突然一声霹雳，一震之威几乎使她仆地，只见熊熊一团巨火打在离她身边不及十余尺处的石桌石凳之上，白石尽变成黑色，硫磺的臭味历久不散。她说给我听，犹有余悸。

我们通信全靠船运，需十余日方能到达，但不必嫌慢，因为如果每天写信隔数日付邮，差不多每隔三两天都可以收到信。我们是每天写一点，积一星期可得三数页，一张信笺两面写，用蝇头细楷写，这样的信收到一封可以看老大半天。三年来我们各积得一大包。信的内容有记事，有抒情，有议论，无体不备。季淑把我的信收藏在一个黑漆的首饰匣里，有一天忘了锁，钥匙留插在锁孔里。大家唤做小方的一位同事大概平素早就留心，难逢的机会焉肯放过，打开匣子开始阅览起来，临走还带了几封去。小方笑呵呵的把信里的内容背诵几段，季淑才发现失窃。在几经勒索、要挟之下才把失物赎回。我曾选读"伯朗宁与丁尼孙"一门功课，对伯朗宁的一首诗 One Word More（一生所爱）颇为欣赏，我便摘了下列三行诗给季淑看：

> God be thanked, the meanest of his creatures
> Boasts two soul-sides, one to face the world with,
> One to show a woman when he loves her.

> 感谢上帝，他的最卑微的生人，
> 也有两面的灵魂，一面对着世人，
> 一面给他所爱的女人看。

不过伯朗宁还是把他的情诗公诸于世了。我的书信不是预备公开的，于一九四八年冬离家时付之一炬。小方看过其中的几封信，不知道她看的时候心中有何感受。

六

三年的工夫过去了。一九二六年七月间，"麦金莱总统"号在黎明时抵达吴淞口外抛锚候潮，我听到青蛙鼓噪，我看到滚滚浊流，我回到了故国。我拿着梅光迪先生的介绍信到南京去见胡先骕先生，取得国立东南大学的聘书，就立刻北上天津。我从上海致快函给季淑，约她在天津会晤，盘桓数日，然后一同返京。她不果来，事后她向我解释："名分未定，行为不可不检。"我觉得她的想法对，不能不肃然起敬。邓约翰（John Donne）有一首诗《出神》（*The Extasie*），其中有两节描写一对情侣的关系，真是恰如分际：

Our hands were firmly cimented

With a fast balme, which thence did spring,

Our eye-beames twisted, and did thred

Our eyes, upon one double string;

So to'entergraft our hands, as yet

Was all the means to make us one,

And pictures in our eyes to get

Was all our propagation.

> 我们的手牢牢的握着,
> 手心里冒出黏黏的汗,
> 我们的视线交缠,
> 拧成双股线穿入我们的眼;
>
> 两手交接是我们当时
> 惟一途径使我们融为一体,
> 眼中倩影是我们
> 所有的产生出来的成绩。

久别重逢,相见转觉不能交一语。季淑说:"华,你好像瘦了一些。"当然,怎能不瘦?她也显得憔悴。我们所谈的第一桩事是商定婚期,暑假内是不可能,因为在八月底我要回到南京去授课,遂决定在寒假里结婚。这时候有人向香山慈幼院的院长打小报告:"程季淑不久要结婚了,下半年的聘书最好不要发给她。"季淑不欲在家里等候半年,需要一个落脚处。她的一位朋友孙亦云女士任公立第三十六小学校长,学校在北新桥附近府学胡同,承她同情,约请季淑去做半年的教师。

我到香山去接季淑搬运行李进城是一件难忘的事。一清早我雇了一辆汽车,车身高高的,用曲铁棍摇半天才能发动引擎的那样的汽车,出城直奔西山,一路上汽车喇叭呜呜叫,到达之后她的行李早已预备好，一只箱子放进车内，一个相当庞大的铺盖卷只好用绳子系在车后。我们要利用这机会游览香山。季淑引路，她非常矫健，身轻似燕，我跟在后面十分吃力，过了双清别墅已经气喘如牛，到了半山亭便汗流浃背了。季淑把她撑着的一把玫瑰紫色的洋伞让给我，也无济于事。后来找到一处阴凉的石头，我们坐了下来。正喘息间，一个卖烂酸梨的乡下人担着挑子走了过来，里面还剩有七八只梨，我们便买了来吃。在口燥舌干的时候，烂酸梨有如甘露。抬头看，有小径盘旋通往山巅，据说有十八盘，山巅传说是清高宗重阳登高的所在，旧名为重阳亭，实际上并没有亭子，如今俗名为"鬼见愁"。季淑问我有无兴趣登高一望，我说鬼见犹愁，我们不去也罢。她是去过很多次的。

我们在西山饭店用膳之后，时间还多，索性尽一日之欢，顺道前往玉泉山。玉泉山是金、元、明、清历代帝王的行宫御苑，乾隆写过一篇《玉泉山记》。据说这里的水质优美，饮之可以长寿，赐名为"天下第一泉"。如今宫殿多已倾圮，沦为废墟，惟因其已荒废，掩去了它的富丽堂皇的俗气，较颐和园要高雅得多。我们一进园门就被一群穷孩子包围，争着要做向导，其实我们不需向导，但是孩子们嚷嚷着说："你们要喝泉水，我有干净杯子；你们要登玉峰塔，我给你们领取钥匙……"无可奈何，拣了一个老实相的小孩子。他真亮出一只杯子，在那细石流沙、绿藻紫荇历历可数的湖边喷泉处舀了一杯泉水，我们共饮一杯，十分清洌。随后我们就去

/ 辑一 /
你走后树更茂了

登玉峰塔。塔在山顶,七层九丈九尺,盘旋拾级而上,嘱咐小孩在下面静候。我们到达顶层,就拂拂阶上的尘土,坐下乘凉,真是一个好去处。好像不大的工夫,那孩子通通通的蹿上来了,我问他为什么要上来,他说他等了好久好久不见人下来,所以上来看看。于是我们就拾级而下,我对季淑说:"你不记得我们描过的红模子么?'王子去求仙,丹成上九天。洞中方七日,人世几千年。'塔上面和塔下面时间过得快慢原不相同。"相与大笑。回到城里,我送季淑到黄淑贞家,把行李卸下我就走了,以后我们几次晤见是在三十六小学。

暑假很快的过去,我到南京去授课。在东南大学校门正对面有一条小巷,蓁巷,门牌四号是过探先教授新建的一栋平房,招租。一栋房分三个单位,各有四间。房子不肯分租,我便把整栋房子租了下来,一年为期。我自占中间一所,右边一所分给余上沅、陈衡粹夫妇,左边一所分给张景钺、崔芝兰夫妇,三家均摊房租,三家都是前后准备新婚。我搬进去的第一天,真是家徒四壁,上沅和我天天四处奔走购置家具等物。寝室墙刷粉红色,书房淡蓝色。有些东西还需要设计定制。足足忙了几个月,我写信给季淑:"新房布置一切俱全,只欠新娘。"房子有一大缺点,寝室后边是一大片稻田,施肥的时候必须把窗紧闭,生怕这一点新娘子感到不满。

南京冬天也相当冷,屋里没有取暖的设备。季淑用蓝色毛绳线给我织了一条内裤,由邮寄来。一排四颗黑扣子,上面的图案是双喜字。我穿在身上说不出的温暖,一直穿了几十年。这半年季淑很忙,一面教书一面筹备妆奁,利用她六年来的积蓄置办了四大楠木箱的衣物,没有一个人帮她一把忙。

七

我们结婚的日子是一九二七年二月十一日,行礼的地点是北京南河沿欧美同学会。这是我们请出媒人正式往返商决的。婚前还要过礼,亦曰"放定",言明一切从简,那两只大呆鹅也免了,甚至许多人所期望的干果、饼饵之类也没有预备。只有一具玉如意,装在玻璃匣里,还有两匣首饰,由媒人送以女家。如意是代表什么,我不知道,有人说像灵芝,取其吉祥之意,有人则说得很难听。这具如意是我们的传家之宝,平常高高的放在上房条案上的中央,左金钟,右玉磬,永远没人碰的。有了喜庆大事,才拿出来使用,用毕送还原处。以我所知,在我这回订婚以后还没有使用过一次。新娘子服装照例由男家准备,我母亲早已胸有成算,不准我开口。母亲带着我大姐到瑞蚨祥选购两身衣料,一身上衣与裙是粉红色的缎子,行婚礼时穿,一身上衣是蓝缎,裙子是红缎,第二天回门穿。都是全身定制绣花。母亲说若是没有一条红裙子,便不能成为一个新娘子;她又说冬天冷,上衣非皮毛不可,于是又选了两块小白狐。衣服的尺寸由女家开了送来,我母亲一看大惊:"一定写错了,腰身这样小,怎穿得上!"托人再问,回话说没错,我心中暗暗好笑，我早知道没错。棉被由我大姐负责缝制，她选了两块被面，一床洋妃色，一床水绿色，最妙的是她在被的四角缝进了干枣、花生、桂圆、栗子四色干果，我在睡觉的时候硌了我的肩膀，季淑告诉我这是取吉利，"早生贵子"之意。季淑不知道我们备了枕头，她也预备了一对，枕套是白缎子的，自己绣了红玫瑰花在角上，鲜艳无比，我舍不得用，留到如今。她又制了一个金质的项链，坠着一个心形的小盒，刻着我们两个的名字。这时候我家住在大取灯胡同一号，新房设在上屋西套间，因为不久要到南京去，所以没有什么布置，只是换了新的窗幔，买了一张新式的大床。

结婚那天，晴而冷。证婚人由我父亲出面请了贺履之（良朴）先生担任，他是我父亲一个酒会的朋友，年高有德，而且是山水画家，当时一位名士。本来熊希龄先生曾对季淑自告奋勇愿为证婚，我们想想还是没有劳驾。张心一、张禹九两位同学是男傧相，季淑的美专同学孪生的冯棠、冯棣是女傧相。两位介绍人，只记得其一姓翁。主婚人是我父亲和季淑的四叔梓琴先生。

婚礼订在下午四时举行，客人差不多到齐了，新娘不见踪影。原来娶亲的马车到了女家，照例把红封从门缝塞进去之后，里面传话出来要递红帖："没有红帖怎行？我们知道你是谁？"事先我要求亲迎，未被接纳，实不知应备红帖。僵持了半天，随车的人员经我父亲电话中指示临时补办，到荣宝斋买了一份红帖请人代书，总算过了关。可是彩车到达欧美同学会的时候暮霭渐深。这是意外事，也是意中事。

我立在阶上，看见季淑从二门口由两人扶着缓缓的沿着旁边的游廊走进礼堂，后面两个小女孩牵纱。张禹九用胳膊肘轻轻触我说："实秋，嘿嘿，娇小玲珑。"我觉得好像有人在我耳边吟唱着彭士（Robert Burns）的几行诗：

> She is a winsome wee thing,
> She is a handsome wee thing,
> She is a lovesome wee thing,
> This sweet wee wife o'mine.

> 她是一个媚人的小东西，
> 她是一个漂亮的小东西，
> 她是一个可爱的小东西，
> 我这亲爱的小娇妻。

事实上凡是新娘没有不美的。萨克令（Sir John Suckling）的一首《婚礼曲》（*A Ballad upon a Wedding*）就有几节很好的描写：

> The maid and thereby hangs a tale;
> For such a maid no Whitsun-ale,

辑一

你走后树更茂了

Could ever yet produce;
No grape, that's kindly ripe, could be,
So round, so plump, so soft as she,
Nor half so full of juice.

Her finger was so small the ring,
Would not stay on, which they did bring,
It was too wide a peck;
And to say truth (for out it must),
It looked like the great collar (just)
About our young colt's neck.

Her feet beneath her petticoat,
Like little mice stole in and out,
As if they feared the light;
But oh, she dances such a way,
No sun upon an Easter day
Is half so fine a sight!

Her cheeks so rare a white was on,
No daisy makes comparison;

醒来原凉了一切

(Who sees them is undone),
For streaks of red were mingled there,
Such as are on a Katherene pear,
(The side that's next the sun).

Her lips were red, and one was thin,
Compared to that was next her chin
(Some bee had stung it newly);
But, Dick, her eyes so guard her face
I durst no more upon them gaze,
Than on the sun in July.

Her mouth so small, when she does speak,
Thou'dst swear her teeth her words did break,
That they might passage get;
But she so handled still the matter,
They came as good as ours, or better,
And are not spent a whit.

讲到新娘（说来话长），
像她那样的姑娘，

圣灵降临的庆祝会里尚未见过；
没有树熟的葡萄像她那样红润，
那样圆，那样丰满，那样细嫩，
　　汁浆有一半那样的多。

　　她的手指又细又小，
　　戒指戴上去就要溜掉，
　　　　因为太松了一点；
　　老实说（非说不可），
　　恰似小驹的颈上套着
　　　　一只大的项圈。

　　她裙下露出两只脚，
　　老鼠似的出出进进的跑，
　　　　像是怕外面的光亮；
　　但是她的舞步翩翩，
　　太阳在复活节的那一天
　　也没有那样美的景象！

　　她的两颊白得出奇，
　　　　没有雏菊能和她相比；

（令人一见魂儿飞上天了），
　　　因为那白里还带着红色，
　　　活像是枝头的小梨一个，
　　　　（朝着太阳的那一边）。

　　　她的唇是红的；一片很薄，
　　　挨近下巴的那片就厚得多
　　　　（必是才被蜜蜂螫伤）；
　　　但是，狄克，她的两眼保护着脸
　　　　我不敢多看一眼，
　　　有如对着七月的太阳。

　　　她的嘴好小，说起话来，
　　　她的牙齿要把字儿咬碎，
　　　以便从嘴里挤送出去；
　　　但是她处理得很得法，
　　　　谈吐不比我们差，
　　　而且一点也不吃力。

　　季淑那天头上戴着茉莉花冠。脚上穿的一双高跟鞋，为配合礼服，是粉红色缎子做的，上面缝了一圈的亮片，走起路来一闪一闪。因戒指太松而把戒指丢掉的不是她，是我，我不知在什么时候把戒指甩掉了，她安慰我说："没关系，我们不需要这个。"

证婚人说了些什么话，根本就没有听进去，现在一个字也不记得。我只记得赞礼的人喊了一声"礼成"，大家纷纷拥向东厢入席就餐。少不了有人向我们敬酒，我根本没有把那小小酒杯放在眼里。黄淑贞突然用饭碗斟满了酒，严肃的说："季淑，你以后若是还认我做朋友，请尽此碗。"季淑一声不响端起碗来汩汩的喝了下去，大家都吃一惊。

回到家中还要行家礼，这是预定的节目。好容易等到客人散尽，两把太师椅摆在堂屋正中，地上铺了红毡子，请父母就座，我和季淑双双跪下磕头。然后闹哄到午夜，父母发话："现在不早了，大家睡去吧。"

罗赛蒂（D.G.Rossetti）有一首诗《新婚之夜》（*The Nuptial Night*），他说他一觉醒来看见他的妻懒洋洋的酣睡在他身旁，他不能相信那是真的，他疑心是在做梦。梦也好，不是梦也好，天刚刚亮，季淑骨碌爬了起来，梳洗毕换了一身新装，蓝袄红裙，红缎绣花高跟鞋，在穿衣镜前面照了又照，侧面照，转身照。等父母起来她就送过去两盏新沏的盖碗茶。这是新媳妇伺候公婆的第一幕。早餐罢，全家人聚在上房，季淑启开她的箱子，把礼物一包一包的取出来，按长幼顺序每人一包，这叫做开箱礼，又叫做见面礼，无非是一些帽鞋日用之物，但是季淑选购甚精，使得家人皆大欢喜。

我袖手旁观，说道："哎呀！还缺一份！——我的呢？"惹得哄堂大笑。

次一节目是我陪季淑"回门"。进门第一桩事是拜祖先的牌位，一个楠木龛里供着一排排的程氏祖先之神位，多到不可计数，可见绩溪程氏确是一大望族。我们纳头便拜，行最敬礼。好像旁边还有人念念有词，说到三姑娘三姑爷什么什么的，我当时感觉我很光荣的成了程家的女婿。拜完祖先之后便是拜见家中的长辈，季淑的继祖母尚在，其次便是我的岳母，叔父辈则有四叔、七叔（荫庭先生）、九叔（荫轩先生），八叔已去世。婶婶则四婶就有两位，然后六婶、七婶、八婶、九婶。我们依次叩首，我只觉得站起来跪下去忙了一大阵。平辈相见，相互鞠躬。随后便是盛筵款待，我很奇怪季淑不在席上，不知她躲在哪里，原来是筵席以男性为限。谈话间我才知道，已去世的六叔还曾留学俄国，编过一部《俄华字典》，刊于哈尔滨。

第三天，季淑病倒，腹泻。我现在知道那是由于生活过度紧张，睡了两天她就好了。

过了十几天，时局起了变化，国民革命军北伐逐步迫近南京。母亲关心我们，要我们暂且观望不要急急南下。父亲更关心我们，把我叫到书房私下对我说："你现在已经结了婚，赶快带着季淑走，机会放过，以后再想离开这个家庭就不容易了，不要糊涂，别误解我的意思。立刻动身，不可迟疑。如果遭遇困难，随时可以回来。我观察这几天,季淑很贤慧而能干,她必定会成为你的贤内助。你运气好,能娶到这样的一个女子。男儿志在四方,你去吧!"父亲说到这里,眼圈红了。

我商之于季淑,她遇大事永远有决断,立刻启程。父亲嘱咐,兵荒马乱的时候,季淑必须卸下她的鲜艳的服装,越朴素越好。她改着黑哔叽裙黑皮鞋,上身驼绒袄之外罩上一件粗布褂。我记得清清楚楚,布褂左下角有很大的一个缝在外面的衣袋,好别致。我们搭的是津浦路二等卧车(头等车被军阀们包用了),二等车男女分座,一个车厢里分上下铺,容四个人,季淑分得一个上铺。车行两天一夜,白天我们就在饭车上和过路的地方一起谈天,观看窗外的景致,入夜则分别就寝。

车上睡不稳,一停就醒,醒来我就过去看看她。她的下铺是一位中年妇女,事后知道她是中国银行司库吴某的太太,她第二天和季淑攀谈:

"你们是新结婚的吧?"

"是的,你怎么知道?"

"看你那位先生,一夜的工夫他跑过来看你有十多趟。"这位吴太太心肠好,我们渡江到下关,她知道我们没有人接,便自动表示她有马车送我们进城。我们搭了她的车直抵蓁巷。

这时候南京市面已经有些不稳,散兵游勇满街跑,遇到马车就征用。我们在蓁巷一共住了五天,躲在屋里,什么地方也没去。

事实上我们也不想出去。渐渐的听到遥远的炮声。我的朋友李辉光罗清生来，他们都是单身汉，劝我偕眷到上海暂避。罗清生和一家马车行的老板有旧，特意为我雇来马车，我们便邀同新婚的余上沅夫妇一同出走。可怜我煞费苦心经营的新居从此离去。当时天真的想法是政治不会过分影响到学校，不久还可以回来，所以行李等物就承洪范五先生的帮忙，寄存在图书馆地下室。马车走了不远，就有两名大兵持枪吓阻，要搭车到下关，他们不由分说跳上了车旁的踏脚板，一边一个像是我们的卫兵，一路无阻直达江滨。到上海的火车已断，我们搭上了太古的轮船。奇怪的是头等客房只有我们两对，优哉游哉倒真像是蜜月中的旅行。

八

我们在上海三年的生活是艰苦的，情形当然是相当狼狈。有人批评孔子为"累累若丧家之狗"，孔子欣然笑曰："形状未也，而似丧家之狗，然哉然哉！"

季淑的大姑住在上海（大姑父汪运斋先生），她的二女婿程培轩一家返徽省亲，空出的海防路住所借给我们暂住了半个月。这是我们婚后初次尝到安定畅快的生活。随后我们就租了爱文义路众福里的一栋房子，那是典型的上海式标准的一楼一底的房，比贫民窟要算是差胜一筹，因为有电灯、自来水的设备，而且门窗户壁俱全。关于这样的房子我写过一篇小文《住一楼一底房者的悲哀》，其中有这样几段：

　　一楼一底的房没有孤零零的一所矗立着的，差不多都像鸽子窝似的一大排，一所一所的构造的式样大小，完全一律，就好像从一个模型里铸出来的一般。我顶佩服的就是当初打图样的土著工程师，真能相度地势，节工省料，譬如五分厚的一垛山墙就好两家合用。王公馆的右面一垛山墙，同时就是李公馆的左面的山墙，并且王公馆若是爱好美术，在右面山墙上钉一个铁钉子，挂一张美女月份牌，那么李公馆在挂月份牌的时候就不必再钉钉子，因为这边钉一个钉子，那边就自然而然的会钻出一个钉头儿。

　　房子虽然以一楼一底为限，而两扇大门却是方方正正的，冠冕堂皇，望上去总不像是我所能租赁得起的房子的大门。门上两个铁环是少不得的，并且还是小不得的。……门环敲得啪啪响的时候，声浪在周围一二十丈以内的范围都可以很清晰播送得到。一家敲门，至少有三家应声"啥人？"至少有两家拔闩启锁，至少有五家人从楼窗中探出头来。

　　"君子远庖厨"，住一楼一底的人简直没有法子上跻于君子之伦。厨房里杀鸡，无论躲在哪一墙角都可以听见鸡叫（当然这是极不常有之事），厨房里烹鱼，我可以嗅到鱼腥，厨房里升火，就可以看见一朵一朵乌云在眼前飞过。自家的厨房既没法可以远，隔着半垛墙的人家的庖厨离我还是差不多的近……

厨房之上，楼房之后，有所谓亭子间者，住在里面真可说是冬冷而夏热。厨房烧柴的时候，一缕缕的青烟从地板缝中冉冉上升。亭子间上面又有所谓晒台者，名义是为晾晒衣服之用，实际常是人们乘凉、打牌、开放留声机的地方，还有人在晒台上另搭一间小屋堆置杂物。别看一楼一底，其中有不少曲折。

这一段话虽然不免揶揄，但是我们并无埋怨之意。我们虽然僦居穷巷，住在里面却是很幸福的。季淑和我同意，世界上没有一个地方比自己的家更舒适，无论那个家是多么简陋、多么寒伧。这个时候我在《时事新报》编一个副刊《青光》，这是由于张禹九的推荐临时的职业，每天夜晚上班发稿。事毕立刻回家，从后门进来匆匆登楼，季淑总是靠在床上看书等着我。

"你上楼的时候，是不是一步跨上两级楼梯？"她有一次问我。

"是的，你怎么知道？"

"我听着你的通通响的脚步声，我数着那响声的次数，和楼梯的级数不相符。"

我的确是恨不得一步就跨进我的房屋。我根本不想离开我的房屋。吾爱吾庐。

我们在爱文义路住定之后,暑期中,我的妹妹亚紫和她的好友龚业雅女士于女师大毕业后到上海来,就下榻于我们的寓处。下榻是夸张语,根本无榻可下,我便和季淑睡在床上,亚紫、业雅睡在床前地板上。四个年轻人无拘无束的狂欢了好多天,季淑曲尽主妇之道。由于业雅的堂兄业光的引介,我和亚紫、业雅都进了国立暨南大学服务。亚紫和业雅不久搬到学校的宿舍。随后我母亲返回杭州娘家去小住,路上过上海也在我们寓所盘桓了几天。头一天季淑自己下厨房,她以前从没有过烹饪的经验,我有一点经验,但亦不高明,我们俩人商量着作弄出来四个菜,但是季淑煮米放多了水变成粥,急得哭了一场。母亲大笑说:"喝粥也很好。"这一次失败给季淑的刺激很大。她说:"这是我受窘的一次,毕生不能忘。"以后她对烹饪就很悉心研究。

怀孕期间各人的反应不同。季淑于婚后三四个月即开始感觉恶心呕吐,想吃酸东西,这样一直闹到分娩那一天才止。一九二七年十二月一日(阴历十一月初八),我们的大女儿文茜生。预先约好的产科张湘纹临时迟迟不来,只遣护士照料,以致未能善尽保护孕妇的责任,使得季淑产后将近三个月才完全复原。她本想能找得一份工作,但是孩子的来临粉碎了一切的计划,她热爱孩子,无法分身去谋职业,亦无法分神去寻娱乐。六年之间四次生产,她把全部时间与精力奉献给了孩子。

第二年我们迁居到赫德路安庆坊,是二楼二底房,宽绰了一倍,但是临街往来的电车之唏哩哗啦、叮叮当当从黎明开始一直到深夜,地都被震动,床也被震动。可是久之也习惯了。我的内弟道宽这一年去世,弟妇士馨也相继而殁,我便和季淑商量把我的岳母接到上海来奉养。于是我们搭船回到北京回家小住,然后接了我的岳母南下。在这房子里季淑生下第二个女儿(三岁时夭折,瘗于青岛公墓)。季淑的身体本弱,据我的岳母告诉我,庚子之乱,她们一家逃避下乡,生活艰苦,季淑生于辛丑年二月,先天不足,所以自小羸弱。季淑连生两胎,体力消耗太大,对于孕妇保健的知识我们几等于零,所以她就吃亏太多,我事后悔恨无及。幸亏有她的母亲和她相伴,她在精神上得到平安,因为她不再挂念她的老母。我看见季淑心情宁静,我亦得到无上的安慰。

这一年我父亲游杭州,路过上海也来住了几天。季淑知道我父亲的日常生活的习惯和饮食的偏好,侍候惟恐不周。他洗脸要用大盆,直径要在二尺以上,季淑就真物色到那样大的洋瓷盆。他喝茶要用盖碗,水要滚,茶叶要好,泡的时间要不长不短,要守候着在正合宜的时候捧献上去,这一点季淑也做到了,我父亲说除了我的母亲之外,只有季淑泡的茶可以喝。父亲喜欢冷饮,季淑自己制做各种各样的饮料,她认为酸梅汤只有北京信远斋的出品才够标准。早点巷口的生煎包子就可以了,她有时还要到五芳斋去买汤包。每餐菜肴,她尽其所能去调配,自更不在话下。亚紫、业雅也常在一起陪伴,是我们家里最热闹的一段时期。父亲临走,对季淑着实夸奖了一番,说她带着两个孩子操持家务确是不易。

第三年我们搬到爱多亚路一〇一四弄,是一栋三楼的房子,虽然也是弄堂房子,但有了阳台、壁炉、浴室、卫生设备等等。一九三〇年四月十六日(阴历三月十八),在这里季淑生下第三胎,我们惟一的儿子文骐。照顾三个孩子,很不简单,单是孩子的服装就大费周章。季淑买了一架胜家缝纫机,自己做缝纫,连孩子的大衣也是自己做。她在百忙中没有忘记修饰她自己。她把头发剪了,不再有梳头的麻烦,额前留着刘海,所谓"boyish bob"①,是当时最流行的发式。旗袍短到膝盖,高领短袖。她自己的衣服也是大部分自己做,找裁缝匠反倒不如意。我喜欢看她剪裁,有时候比较质地好的材料铺在桌上,左量右量,画线再画线,拿着剪刀迟迟不敢下手,我就在一旁拍着巴掌唱起儿歌:"功夫用得深,铁杵磨成针。功夫用得浅,薄布不能剪!"她把我推开:"去你的!"然后她就咔吱咔吱的剪起来了。她很快的把衣服做好,穿起来给我看,要我批评。除下由衷的赞美之外,还能说什么?

我在光华、中国公学两处兼课,真茹、徐家汇、吴淞是一个大三角,每天要坐电车、野鸡汽车、四等火车赶到三处地方,整天奔波,所以每天黎明即起。厨工马兴义给我预备极丰盛的一顿早点,季淑不放心,她起来监督,陪我坐着用点,要我吃得饱饱的,

---

① 男士短发。编者注。

然后伴我走到巷口看我搭上电车才肯回去。这一年我母亲带着五弟到杭州去路过上海在我们家住了些日子。

我们右邻是罗努生、张舜琴夫妇，左邻是一本地商人，再过去是我的妹妹亚紫和妹夫时昭涵，再过去是同学孟宪民一家，前弄有时昭静和夏彦儒夫妇，丁西林独居一栋。所以巷里熟人不少。努生一家最不安宁，夫妻勃谿，时常动武，午夜爆发，张舜琴屡次哭哭啼啼跑到我家诉苦。家务事外人无从置喙，结果是季淑送她回去。我们当时不懂，既成夫妻，何以会反目，何以会争吵，何以会仳离。季淑常天真的问我："他们为什么要离婚？"

有一天中秋前后，徐志摩匆匆的跑来，对我附耳说："胡大哥请吃花酒，要我邀你去捧捧场。你能不能去，先去和尊夫人商量一下，若不准你去就算了。"我问要不要去约努生，他说："我可不敢，河东狮子吼，要天翻地覆，惹不起。"我上楼去告诉季淑，她笑嘻嘻的一口答应："你去嘛，见识见识。喂，什么时候回来？""当然是，吃完饭就回来。"胡先生平素应酬未能免俗，也偶尔叫条子侑酒，照例到了节期要去请一桌酒席。那位姑娘的名字是"抱月"，志摩说大概我们胡大哥喜欢那个月字是古月之月，否则想不出为什么相与了这位姑娘。我记得同席的还有唐腴庐和陆仲安，都是个中老手。入席之后照例每人要写条子招自己平素相好的姑娘来陪酒。我大窘，胡先生说："由主人代约一位吧。"约来了一位坐在我身后，什么模样，什么名字，一点也记不得了。

饭后还有牌局，我就赶快告辞。季淑问我感想如何，我告诉她：买笑是痛苦的经验，因为侮辱女性，亦即是侮辱人性，亦即是侮辱自己。男女之事若没有真的情感在内，是丑恶的。这是我在上海三年惟一的一次经验，以后也没再有过。

九

由于杨金甫的邀请，我到青岛去教书。这是一九三〇年夏天的事。我们乘船直赴青岛，先去参观环境，闻一多偕行。我们下榻于中国旅行社，雇了两辆马车环游市内一周，对于青岛的印象非常良好，季淑尤其爱这地方的清洁与气候的适宜，与上海相比，不啻霄壤。我们随即乘火车返回北平度过一个暑假，我的岳母回到程家。

在青岛鱼山路四号，我们租到一栋房子，楼上四间楼下四间。这地点距离汇泉海滩很近，约十几分钟就可以走到。季淑兴致很高，她穿上了泳装，和我偕孩子下水。孩子用小铲在沙滩上掘沙土，她和我就躺在沙滩上晒太阳，玩到夕阳下山还舍不得回家。有时候我们坐车到栈桥，走上伸到海中的长长的栈道，到尽端的亭子里乘凉。海滨公园也是我们爱去的地方，因为可以在乱石的缝里寻到很多的小蟹和水母，同时这里还有一个水族馆。第一公园有老虎和其他的兽栏，到了春季樱花盛开，可真是蔚为大观。季淑叹为奇景，一去辄留连不忍走。后来她说美国西雅图或美京华盛顿的樱花品种不同，虽然也颇可观，但究[①]比青岛逊色。我有同感。

我为学校图书馆购书赴沪一行，顺便给季淑买了一件黑绒镶红边的背心，可以穿在旗袍外面，她很喜欢，尤其是因为可以和她的一双黑漆皮镶红边的高跟鞋相配合。季淑在这时候较前丰腴，容颜焕发，洋溢着母性的光辉。我的朋友们很少在青岛有眷属，杨金甫、赵太侔、黄任初等都有家室，但都不知住在什么地方。闻一多一度带家眷到青岛，随即送还家乡。金甫屡次善意劝我，不要永远守在家里，暑期不妨一个人到外面海阔天空的跑跑，换换空气。我没有接受他的好意。和谐的家室，空气不需要换。如果需要的话，镇日价育儿持家的妻子比我更有需要。

父亲慕青岛名胜，来看我们，住了十二天。我们天天出去游玩。有一天，季淑到大雅沟的菜市买来一条长二尺以上的鲥鱼，父亲大为击赏。肥城桃、莱阳梨、烟台的葡萄与苹果，都可以说是天下第一，我们放量大嚼，而德人开的弗劳塞饭店的牛排与生啤酒尤为令人满意。张道藩从贵州带来的茅台酒，也成了我们孝敬父亲的无上佳品。有一晚父亲和我关起门来私谈，他把我们家的历史从我祖父起原原本本的讲述给我听，都是我从前没有听到过的。他说："有些事不足为外人道，不必对任何人提起，但不妨告诉季淑知道。"最后他提出两点叮嘱，他说他垂垂老矣，迫切期望我们能有机会在北平做事，大家住在一起，再就是关于他将来的身后之事。

---

① 原文如此。编者注。

我当天夜晚把这些话告诉了季淑,她说:"父亲开口要我们回去,我们还能有什么话说。"

第二年,我们搬到鱼山路七号居住。是新造的楼房,四上四下,还有地下室,前院亦尚宽敞。房东王德溥先生,本地人,具有山东人特有的忠厚朴实的性格,房东、房客之间相处甚得。我们要求他在院里栽几棵树,他唯唯否否,没想到第二天他就率领着他的儿子押送两大车的树秧来了。六棵樱花、四棵苹果、两棵西府海棠,把小院种得满满的。树秧很大,第二年即开始着花,樱花都是双瓣的,满院子的蜜蜂嗡嗡声。苹果第二年也结实不少,可惜等不到成熟就被邻居的恶童偷尽。西府海棠是季淑特别欣赏的,胭脂色的花苞,粉红的花瓣,衬上翠绿的嫩叶,真是娇艳欲滴。

我们住定之后就设法接我的岳母来住,结果由季淑的一位表弟刘春霖护送到青岛。这样我们才安心。季淑身体素弱,第四度怀孕使她狼狈不堪,于一九三三年二月二十五日(阴历二月二日)生文蔷,由她的女高师同学王绪贞接生,得到特别小心照护,我们终身感激她。分娩之后不久,四个孩子同时感染猩红热,第二女不幸夭折。做母亲的尤为伤心。入葬的那一天,她尚不能出门,于冰霰霏霏之中,我看着把一具小棺埋在第一公墓。

青岛四年之中我们的家庭是很快乐的。我的莎士比亚翻译在这时候开始,若不是季淑的决断与支持,我是不敢轻易接受这一份工作的。她怕我过劳,一年只许我译两本,我们的如意算盘是一年两本，二十年即可完成，事实上用了我三十多年的工夫！我除了译莎氏之外，还抽空译了《织工马南传》《西塞罗文录》，并且主编天津《益世报》的一个文艺周刊。季淑主持家务，辛苦而愉快，从来没有过一句怨言。我们的家座上客常满，常来的客如傅肖鸿、赵少侯、唐郁南都常在我们家吃便饭，学生们常来的有丁金相、张淑齐、蔡文显、韩朋等等。张罗茶饭、招待客人都是季淑的事。我从北平订制了一个烤肉的铁炙子，在青岛恐怕是独一的设备，在山坡上拾捡松枝松塔，冬日烤肉待客，皆大欢喜。我的母亲带着四弟治明也来过一次，治明特别欣赏季淑烹制的红烧牛尾。后来他生了一场匐行疹，病中得到季淑的悉心调护，痊愈始去。

　　胡适之先生早就有意约我到北京大学去教书，几经磋商，遂于一九三四年七月结束了我们的四年青岛之旅。临去时房屋租约未满，尚有三个月的期间，季淑认为应该如约照付这三个月的租金，房东王先生坚不肯收，争执甚久，我在旁呵呵大笑："此君子国也！"房东拗不过去，勉强收下，买了一份重礼亲到车站送行。季淑在离去之前，把房屋打扫整洁一尘不染，这以后成了我们的惯例，无论走到哪里，临去必定大事扫除。

十

　　我们决定回北平，父母亲很欢喜，开始准备迁居，由大取灯胡同一号迁到内务部街二十号。内务部街的房子本是我们的老家，

/ 辑一 /
你走后树更茂了

我就是生在那个老家的西厢房，原是祖父留下的一所房子，在我十五岁的时候才从那里迁到大取灯胡同七号的新房。老家出租多年，现在收回自用。这所老房子比较大，约有房四十间，旧式的上支下摘，还有砖炕，院落较多，宜于大家庭居住。父母兴奋的不得了，把旧房整缮一新，把外院和西院划给我，并添造一间浴室。我母亲是年六十，她说："好了，现在我把家事交给季淑，我可以清闲几年了。"事实上我们还是无法使母亲完全不操心。

回到北平先在大取灯胡同落脚，然后开始迁居。"破家值万贯"，而且我们家的传统是"室无弃物"，所以百八十年下来的这一个家是无数破烂东西的总汇，搬动一下要兴师动众，要雇用大车小车以及北平所特有的"窝脖儿"①的，陆陆续续的搬了一个星期才大体就绪。指挥奔走的重任落在季淑的身上。她真是黎明即起，整天前庭后院的奔走，她的眼窝下面不时的挂着大颗的汗珠，我就掏出手绢给她揩揩。

垂花门外有一棵梨树，是房客栽的，多年生长已经扑到房檐上面，把整个院子遮盖了一半，结实累累，蔚为壮观。不知道母亲听了什么人饶舌，说梨与离同音，不祥，于是下令砍伐。季淑不敢抗，眼睁睁的看着工人把树砍倒，心中为之不怿者累日。后来我劝她在原处改植别的不犯忌讳的花木，亦可略补遗憾。她立即到隆福寺街花厂选购了四棵西府海棠，因为她在青岛就有此偏爱。这四

---

① "窝脖儿"，也叫"扛肩"，民国时期在北平的马路上为他人扛送物品的人。编者注。

株娇艳的花木果然如所预期,很快的长大成形,翌年即繁花如簇,如火如荼,春光满院,生气盎然。同时她又买了四棵紫丁香,种在西院我的书房与卧室之间,紫丁香长得更猛,一两年间妨碍人行,非修剪不可。丁香开时香气四溢,招引蜂蝶,终日攘攘不休。前院檐下原有两畦芍药奄奄一息,季淑为之翻土施肥,冬日覆以积雪,来春新芽茁发。我的书房檐下多阴,她种了一池玉簪,抽蕊无数。

　　我们一家三代,大小十几口,再加上男女佣工六七人,是相当大的一个家庭。晨昏定省是不可少的礼节。每天早晨听到里院有了响动,我便拉着文蔷到里院去,到上房和东厢房分别向父母问安。文蔷是我们最小的孩子,不拉着她便根本迈不过垂花门的一尺高的门槛。文茜、文骐都跟在我的身后。文蔷还另有任务,每天把报纸送给她的祖父。祖父接过报纸总是喊她两声:"小肥猪!小肥猪!"因为她小时候很胖。季淑每天早晨要负责沏盖碗茶,其间的难处是把握住时间,太早太晚都不成。每天晚上季淑还要伺候父亲一顿消夜,有时候要拖到很晚,我便躺在床上看书等她。每日两餐是大家共用的,虽有厨工专理其事,调配设计仍需季淑负责,亦大费周章。家庭琐事永远没完没结,所谓家庭生活是永无休止的修缮补苴。缝缝连连的事,会使用缝纫机的人就责无旁贷。对外的采办或交涉,当然也是能者多劳。最难堪的是于辛劳之余还不能全免于怨怼。有一回已经日上三竿,季淑督促工人捡煤球,扰及贪睡者的清眠,招致很大的不快。有人愤愤难平,季淑反倒夷然处之，她爱说的一句话是："唐张公艺九世同居，得力于百忍，我们只有三世，何事不可忍？"

家事全由季淑处理，上下翕然，我遂安心做我的工作，教书之余就是翻译写稿。我在西院南房，每到午后四时，季淑必定给我送茶一盏。我有时停下笔来拉她小坐，她总是把我推开，说："别闹，别闹，喝完茶赶快继续工作。"然后她就抽身跑了。我隔着窗子看她的背影。我的翻译工作进行顺利，晚上她常问我这一天写了多少字，我若是告诉她写了三千多字，她就一声不响的翘起她的大拇指。我译的稿子她不要看，但是她愿意知道我译的是些什么东西。所以莎士比亚的几部名剧里的故事，她都相当熟悉。有几部莎士比亚的电影片上演，我很希望她陪我去看，但是她分不开身，她总是遗憾的教我独自去看。

季淑有一个见解，她以为要小孩子走上喜爱读书的路，最好是尽早给孩子每人置备一个书桌。所以孩子开始认字，就给他设备一份桌椅。木器店里没有给小孩用的书桌，除非定制，她就买普通尺寸的成品，每人一份，放在寝室里挤得满满的。这一项开支决不可省。她告诉孩子哪一个抽屉放书哪一个抽屉放纸笔。有了适当的环境之后，不久孩子养成了习惯，而且到了念书的时候自然的各就各位。孩子们由小学至大学，从来没有任何挫折，主要的是小时候养成良好习惯。季淑做了好几年的小学教师，她的教学经验在家里发生宏大的影响。可见小学教师应是最可敬的职业之一。

我们的男孩子仅有一个,季淑嫌单薄一些,最好有两男两女。一九三五年冬,她怀有五个月的孕,一日扭身开灯,受伤流产。送往妇婴医院,她为节省,住进二等病房,夜间失血过多,而护士置若罔闻。我晨间赶去探视,已奄奄一息,医生开始惊慌,急救输血,改进头等病房并请特别护士。白天由我的岳母照料,夜晚由我陪伴。(按照医院规定,男客是不准在病房夜晚逗留的。)一个星期之后才脱险。临去时那一些不负责任的护士还奚落她说:"我们没有见过像你这样的娇太太!"从此我们就实行生育节制。

我对政治并无野心,但是对于国事不能不问。所以我办了一个周刊,以提倡爱国、民主为原则。朋友们如谢冰心、李长之等等都常写稿给我,周作人也写过稿子。因此我对于各方面的人物常有广泛的接触。季淑看见来访的客人鱼龙混杂,就为我担心。她偶尔隔着窗子窥探出入的来客,事后问我:"那个獐头鼠目的是谁?那个垂首蛇行的又是谁?他们找你做什么?"这使我提高了警觉。果然,就有某些方面的人来做说客,"愿以若干金为先生寿"。人们有一种错觉,以为凡属舆论,都是一些待价而沽的东西。我当即予以拒绝,季淑知道此事之后完全支持我的决定,她说:"我愿省吃俭用和你过一生宁静的日子,我不羡慕那些有办法的人之昂首上骧。"我隐隐然看到她的祖父之高风亮节在她身上再度发扬。

日寇侵略日益加紧,一九三七年六月二十三日蒋介石与汪兆铭联名召开庐山会议,我应邀参加,事实上没有什么商议,只是宣告国家的政策。我没有等会议结束即兼程北返,七月七日卢沟桥事变爆发,二十八日北平陷落。我和季淑商议,时势如此,决定我先只身逃离北平。我当即写下遗嘱。戎火连天,割离父母、妻子远走高飞,前途渺渺,后顾茫茫。这时候我联想到"出家"真非易事,确是将相所不能为。然而我毕竟这样做了。等到平津火车一通,我立即登上第一班车,短短一段路由清早走暮夜才到达天津。临别时季淑没有一点儿女态,她很勇敢的送我到家门口,互道珍重,相对黯然。"与子之别,思心徘徊!"

十一

和我约好在车上相见的是叶公超,相约不交一语。后来发现在车上的学界朋友有十余人之多,抵津后都住进了法租界帝国饭店。我旋即搬到罗努生、王右家的寓中,日夜收听广播的战事消息。我们利用大头针制作许多面红白小旗,墙上悬大地图,红旗代表我军,白旗代表敌军,逐日移动的插在图上。看看红旗有退无进,相与扼腕。《益世报》的经理生宝堂先生在赴义[①]租界途中被敌兵捕去枪杀,我们知道天津不可再留,我与努生遂相偕乘船到青岛,经济南转赴南京。在济南车站遇到数以千计由烟台徒步而来的年轻学生,我的学生丁金相在车站迎晤她的逃亡朋友,无意中在三等车厢里遇见我,相见大惊,她问我:"老师到哪里去?"

---

① 即意大利。编者注。

"到南京去。"

"去做什么?"

"赴国难,投效政府,能做什么就做什么。"

"师母呢?"

"我顾不得她,留在北平家里。"

她跑出站买了一瓶白兰地、一罐饼干送给我,汽笛一声,挥手而别,我们都滴下了泪。

南京在敌机空袭之下,人心浮动。我和努生都有报国有心、投效无门之感。我奔跑了一天,结果是教育部发给我二百元生活费和"岳阳丸"头等船票一张,要我立即前往长沙候命。我没有选择,便和努生匆匆分手,登上了我们扣捕的日本商船"岳阳丸"。叶公超、杨金甫、俞珊、张彭春都在船上相遇。伤兵、难民挤得船上甲板水泄不通,我的精神陷入极度苦痛。到长沙后我和公超住在青年会,后移入韭菜园的一栋房子,是樊逵羽先生租下的北大办事处。我们三个人是北平的大学教授南下的第一批。随后张子缨也赶来。长沙勾留了近月,无事可做,心情苦闷,大家集议醵资推我北上接取数家的眷属。我衔着使命,间道抵达青岛,搭顺天轮赴津,不幸到烟台时船上发现虎烈拉,船泊大沽口外,日军不许进口,每日检疫一次,海上拘禁二十余日,食少衣单,狼狈不堪。登岸后投宿皇宫饭店,立即通电话给季淑。翌日她携带一包袄冬衣到津与我相会。乱离重逢,相拥而泣。翌日季淑返回北平。因樊逵羽先生正在赶来天津，我遂在津又有数日勾留。后我返平省亲，在平滞留三数月，欲举家南下而情况不许，尤其是我的岳母年事已高不堪跋涉。季淑与其老母相依为命，不可能弃置不顾，侍养之日诚恐不久，而我们夫妻好合则来日方长，于是我们决定仍是由我只身返后方。会徐州陷落，敌伪强迫悬旗志贺，我忍无可忍，遂即日动身。适国民参政会成立，我膺选为参政员，乃专程赴香港转去汉口，从此进入四川，与季淑长期别离六年之久。

在这六年之中，我固颠沛流离、贫病交加，季淑在家侍奉公婆老母，养育孩提，主持家事，其艰苦之状乃更有甚于我者。自我离家，大姐、二姐相继去世，二姐遇人不淑，身染肺癌，乏人照料，季淑尽力相助，弥留之际仅有季淑与二姐之幼女在身边陪伴。我们的三个孩子在同仁医院播种牛痘，不幸疫苗不合规格，注射后引起天花，势甚严重，几濒于殆。尤其是文茜面部结痂作痒，季淑为防其抓破成麻，握着她的双手数夜未眠，由是体力耗损，渐感不支。维时敌伪物资渐缺，粮食供应困难，白米白面成为珍品，居恒以糠麸、花生皮屑羼入杂粮混合而成之物充饥，美其名曰"文化面"。儿辈羸瘦，呼母索食，季淑无以为应，肝肠为之寸断。她自己刻苦，但常给孩子鸡蛋佐餐，孩子久而厌之。有时蒸制丝糕（即小米粉略加白面白糖蒸成之糕饼）作为充饥之物，亦难得引起大家的食欲。此际季淑年在四十以上，可能是由于忧郁，更年期提早到来，百病丛生，以至于精神崩溃。不同情的人在一旁讪笑：

"我看她没有病,是爱花钱买药吃。""我看她也没有病,我看见她每饭照吃。""我看她也没有病,丝糕一吃就是两大块。"她不顾一切,乞灵于协和医院,医嘱住院,于是在院静养两星期,病势略转。此后风湿关节炎时发时愈,足不良行。孩子们长大,进入中学,学业不成问题,均尚自知奋勉不落人后,但是交友万一不慎,后果堪虞,季淑为了此事最为烦忧。抗战期间前方后方邮递无阻,我们的书信往来不断,只是互报平安,季淑在家种种苦难并不透露多少,大部分都是日后讲给我听。

我的岳母虽然年迈,健康大致尚佳。她曾表示愿意看看自己的寿材,所以我在离平之前和季淑到了棺厂订购了上好的材木一副,她自己也看了满意。一九四三年春偶然不适,好像有所预感,坚持回到程家休憩,不数日即突然病革。季淑带着孩子前去探视,知将不起,尚殷殷以我为念。她最喜爱文蔷,临终时呼至榻前,执其手而告之:"文蔷,你乖乖的,听你妈妈的话。"言讫,溘然而逝。所有丧葬之事均由季淑力疾主持。她有信给我详述经过,哀毁逾恒,其中有一句话是:"华,我现在已成为无母之人矣……"季淑孝顺她的母亲不是普通的孝顺,她是真实的做到了"菽水承欢"。

季淑没有和我一起到后方去,主要的是为了母亲。如今母亲既已见背,我们没有理由维持两地相思的局面。我们十年来的一点积蓄,除了投资损失之外陆续贴补家用,六年来亦已告罄,所以我就写信要她准备来川。她惟一的顾虑是她的风湿病,不知两腿是否禁得起长途跋涉。说也奇怪，她心情一旦开朗，脚步突然转健，若有神助。由北平起旱①到四川不是一件容易事。季淑有一位堂弟道良，前两年经由叔辈决定过继给我的岳母做继子，他们的想法是：季淑究竟是一个女儿，嫁出的女儿泼出的水，不能成为嗣桃。道良为人极好，事季淑如胞姐，他自告奋勇，送她一半行程。一九四四年夏，季淑带着三个孩子、十一件行李，病病歪歪的，由道良搀扶着，从北平乘车南下。由徐州转陇海路到商丘，由商丘起旱到亳州，这是前后方交界之处，道良送她到此为止，以后的漫漫长途就靠她自己独闯了。所幸她的腿疾日有进步，到这时候已可勉强行走无需扶持。从亳州到漯河，由漯河到叶县，这一段的交通工具只能利用人力推车，北方话称之为"小车子"，车仅一轮，由车夫一人双手把持，肩上横披一带系于车把之上，轮的两边则一边坐人，一边放行李，车夫一面前进一面摆动其躯体以维持均衡。土路崎岖，坑洼不平，轮轴吱吱作响，不但进展迟缓，且随时有翻倒之虞。车夫一面挥汗一面高唱俚歌，什么"常山赵子龙，燕人张翼德""有山就有水，有水就有鱼……"一路上前呼后应，在黄土飞扬之中打滚。到站打尖，日暮投宿，季淑就这样的带着三个孩子、十一件行李一天又一天的在永无止境的土路上缓缓前进。怕的是青纱帐起，呼吁无门，但邀天之幸一路安宁，终于到达叶县。对于劳苦诚实的车夫们，季淑衷心感激，乃厚酬之。

---

① 即走陆路。编者注。

由叶县到洛阳有公路可循，可以搭乘公共汽车，汽车是使用柴油的，走起来突突冒烟，随时随地抛锚。乘客拥挤抢座，幸赖有些流亡学生见义勇为，帮助季淑及二女争取座位，文骐不在妇孺之列，只能爬上车顶在行李堆中觅一席地。季淑怕他滚落，苦苦哀求其他车顶上的同伴赐以援手，幸而一路无事。黄土平原久旱无雨，汽车过处黄尘蔽天。到站休息时人人毛发尽黄，纷纷索水洗面。季淑在道旁小店就食，点菠菜猪肝一盘，孩子大悦，她不忍下筷惟食余沥而已。同行的流亡学生有贫苦以至枵腹者，季淑解囊相助，事实她自己的盘川①也所余无几了。

季淑一行到洛阳后稍事休息，搭上火车，精神为之一振，虽是没有窗户的铁闷车，然亦稳速畅快。惟夜间闯过潼关时熄灯急驶，犹不免遭受敌军炮袭，幸而无恙，饱受虚惊。到达西安，在菊花园口厚德福饭店饱餐一顿并略得接济，然后搭车赴宝鸡，这是陇海路最后一站。从此便又改乘公共汽车，开始长征入川。汽车随走随停，至剑阁附近而严重抛锚，等待运送零件方能就地修复。季淑托便车带信给我，我乃奔走公路局权要之门请求救济。我生平不欲求人，至是不能不向人低首！在此期间，季淑等人食宿均成问题，赖有同行难友代为远道觅食，夜晚即露宿道旁。一夕，睡眠中忽闻哞声起于身畔，隐约见一庞形巨物，季淑大惊而呼，群起察视，原来是一只水牛。越数日汽车修复，开始蠕动，终于缓缓的爬到了

---

① 路费、旅费。编者注。

青木关，再换车而抵达北碚，与我相会。

六年暌别，相见之下惊喜不可名状。长途跋涉之后，季淑稍现清癯。然而我们究竟团圆了。"今夕何夕，见此粲者！"凭了这六年的苦难，我们得到了一个结论：在丧乱之时，如果情况许可，夫妻儿女要守在一起，千万不可分离。我们受了千辛万苦，不愿别人再尝这个苦果。日后遇有机会，我们常以此意劝告我们的朋友。

我在四川一直支领参政会一份公费，虽然在国立编译馆全天工作，并不受薪。人笑我迂，我行我素。现在五口之家，子女就学，即感拮据。季淑征尘甫卸，为补充家用，接受社会部北碚儿童福利实验区之聘，任该区福利所干事。区主任为章柳泉先生。季淑的职务是办理消费合作社的事务。和她最契的同事是童启华女士（朱锦江夫人）。据季淑告诉我，童先生平素不议人短长，不播弄是非，而且公私分明，一丝不苟，掌管公物储藏，虽一纸一笔之微，核发之际亦必详究用途，不稍浮滥，时常开罪于人。季淑说像这样奉公守法的人是极少见的，季淑和她交谊最洽，可惜胜利后即失去联络，但季淑时常想念到她。

第二年，即一九四五年，季淑转入迁来北碚的国立戏剧专科学校为教具组服装管理员，校长为余上沅。上沅夫妇是我们的熟人，但季淑并不因人事关系而懈怠其职务，她准时上班下班，忠于其职守。她给全校师生留下了良好的印象。

季淑于生活艰难之中在四川苦度了两年。事实上在抗战期间，无论是在陷区或后方，没有人不受到折磨的。只有少数有办法的人能够混水摸鱼。我有一位同学，历据要津，宦囊甚富，战时寓居香港，曾扬言于众："你们在后方受难，何苦来哉？一旦胜利来临，奉命接收失土坐享其成的是我们，不是你们。"我们听了不寒而栗。这位先生于日军攻占香港时遇害，但是后来接收大员"五子登科"的怪剧确是上演了。

一九四五年八月十日季淑晚间下班时，带回了一张报纸的号外：

《嘉陵江日报》

号 外

日本接受无条件投降

旧金山八月十日广播日本政府本日四时接受四国公告无条件投降其惟一要求是保留天皇今日吾人已获胜利已获和平

我们听到了遥远的爆竹声、鼎沸的欢呼声。

还乡的交通工具不敷，自然应该让特权阶级、豪门巨贾去优先使用，像我们所服务的闲散机构如国民参政会、国立编译馆之类，当然应该听候分配。等候了一年光景，一九四六年秋，国民参政会通知有专轮直驶南京，我们这才怀着一种复杂的心情告别四川鼓轮而下。我说心情复杂，因为抗战结束可以了却八年流亡之苦，可以回乡省视年老的爹娘，可以重新安心做自己的工作，但是家园已经破碎，待要从头整理，而国事蜩螗，不堪想象。

十二

我们在南京下榻于国立编译馆的一间办公室内，包饭搭伙，孩子们睡地板。也有人想留我在南京工作，我看气氛不对，和季淑商量还是以回到北平继续教书为宜，便借口离开南京遄赴上海搭飞机返平。阔别八年的我，在飞机上看到了颐和园的排云殿，心都要从口里跳出来。

回到家里看见我父母都瘦了很多，一阵心酸，泣不可抑。当时三弟、五弟都在家，大姐一家也住在东院，后来五妹和妹婿一家也来了，家里显得很热闹。我们看到垂花门前的野草高与人齐，季淑便令孩子们拔草，整理庭院焕然一新。我的父亲是年七十，步履维艰，每晨自己提篮外出买烧饼、油条相当吃力，我便请准由我每日负责准备早餐。当我提了那只篮子去买烧饼的时候，肆人惊问我为何人，因为他们认识那个篮子。也许这两桩事我们做得不对，因为我们忘了《世说新语》赵母嫁女的故事："赵母嫁女，女临去，敕之曰：'慎勿为好！'女曰：'不为好，可为恶邪？'母曰：'好尚不可为，其况恶乎？'"我们率直而为之，不是有意为好。家里人口众多，遂四处分爨。

父亲关心我的工作，有一天拄着拐杖到我书室，问我翻译莎士比亚进展如何，这使我非常惭愧，因为抗战八年中我只译了一部。父亲说："无论如何，要译完它。"我就是为了他这一句话，下了决心必不负他的期望。想不到的是，于补祝他的七十整寿在承华园举行全家盛筵之后不久，有一晚我们已就寝，他突患冠状脉阻塞症，急救无效，竟于翌日晚间溘然长逝！我从四川归来，相聚才只一个月，即遭此大故！装殓时季淑出力最多，随后丧葬之事，她不作主张，只知尽力。

另一不幸事故，季淑的弟弟道良在东北军事倥偬之际受任辽宁大石桥车站站长，因坚守岗位不肯逃避以致殉职，遗下孤儿寡妇，惨绝人寰。灵柩运回北平，我陪季淑到东便门车站迎接，送往绩溪义园厝葬，我顺便向我的岳母的坟墓敬礼，凄怆之至。

这时候通货膨胀，生活困苦，我除在师大授课之外，利用寒假远到沈阳去兼课。季淑善于理家，在短绌的情形之下仍能稍有赢余。她的理论是：储蓄之法不是在开销之外把余羡收存起来，而是预先扣除应储之数然后再作支出。我们不时的到东单或东四的菜市，遇有鱼鲜辄购一尾，由季淑精心烹制献给母亲佐餐，因为这是我母亲喜食之物。我曾劝她买鱼两尾，一半自己享用，因为我知道她亦正有同嗜，而她坚持不可。她说："我们的享受，当俟来日。"她有一次在摊上看到煮熟的大块瘦肉，价格极廉，便买一小块携回，食之而甘，事后才知道那是驴肉或骡肉。我们日常用的水果是萝卜[1]与柿子，孩子们时常望而生畏。

困苦中也要作乐。我们一家陪同赵清阁游景山，在亭子里闲坐啜茗，事后我写了一首五律送她。又有一次，我们一家和孙小孟一家游颐和园，爬上众香国，几个大人都气力不济，孩子们争先恐后的跑上了排云殿，我笑谓季淑曰："你还有上'鬼见愁'的勇气没有？"又指着玉泉山上的玉峰塔说："你还记得那个地方么？"她笑而不答。风景依然，而心情不同了。到了冬天，孩子们去北海滑冰，我们便没有去观赏的兴致。想不到故都名胜，我们就这样的长久睽别，而季淑下世，重温旧梦亦永不可得！

一九四八年冬，北平风声日紧。有一天何思源来看我，我问他有何观感，他说："毫无办法。"一个有办法的人都说没有办法。不数日，炸弹丢在锡拉胡同他的住宅，炸死了他的一个女儿。学校的同事们有人得风声之先，只身前往门头沟，大多数人皇皇然。这时候我的朋友陈可忠任广州中山大学校长，约我去教书，我便于十二月十三日带着孩子先行赴津洽购船票南下。季淑因为代我三妹出售房产手续未毕，约好翌日赴津相会。那时候卖房极为费事，房客刁钻，勒索搬家费高至房款三分之一，而且需以黄金支付，否则拒不搬出，及交付黄金，则对于黄金成色又多方挑剔。季淑奔走折冲，心力俱瘁。翌日手续办好，而平津交通中断。我在天津车站空接一场，急通电话到家，季淑毅然决然告我："急速南下，不要

---

[1] 萝卜应为蔬菜。编者注。

管我。"我遂于十二月十六日登上"湖北轮"凄然离津，途经塘沽，遭岸上士兵枪射，蜷卧统舱凡十四日始达香港。自我走后，季淑与文茜夫妇同居数日，但她立刻展开活动，决计觅求职业自力谋生，她说："沮丧没有用，要面对现实积极的活下去。"她首先去访问她的朋友范雪茵（黄国璋夫人），他们很热心，在她困难的时候伸出了援手。他们立刻把消息传到师大，校长袁敦礼先生及其他同事们都表示同情，答应设法给她觅取一份工作。三数日内消息传来，说政府派有两架飞机北来迎取一些学界人士南下，其实城外机场已无法使用，城内炮声隆隆，临时在城内东长安街建造机场。季淑接到紧急电话通告，谓名单中有我的名字，她可以占用我的座位，须立即到北京饭店报到，一小时内起飞云云。她没有准备，仓卒中提起一个小包袱衣物就上了飞机，出乎意料的，机上的人很少，空位很多。绝大多数的学界人昧于当前的局势，以为政局变化不会影响到教育，并且抗战的流离之苦谁也不想重演，所以有此种现象。有少数与学界无关的人却因人事关系混上了飞机。在南京主持派机的人是陈雪屏先生，他到机场亲自照料，凡无处可投的人被安置在一个女子学校礼堂里。季淑当晚就在那空洞洞的大房里睡了一宿。第二天她得到编译馆的王向辰先生的照料，在姚舞雁女士的床上又睡了一晚，第三天向辰送她上了火车赴沪。我的三妹、四弟都在上海，她先投奔厚德福饭店，由饭店介绍一家旅馆住下，随后她就搬到三妹家，立即买舟票赴港。我在海洋漂泊的时候她早已抵沪，而我不知道。我于十二月三十一日到香港，翌日元旦遄赴广州，正在石牌校区彷徨问路，突遇旧日北碚熟人谓我有信件存在收发室。取阅则赫然季淑由沪寄来之航信。我大喜过望，按照信中指示前往黄埔，登船阒无一人，原来船提前到达，我迟了一步，她已搭小轮驶广州。我俟回到广州，季淑也很快的找到了我的住处——文明路的平山堂。我以为我们此后难以再见，居然又庆团圆！

十三

在广州这半年，我们开始有身世飘零之感。平山堂是怎样的一个地方，我曾有一小文《平山堂记》，纯是纪实。我们住在这里，季淑要上街买菜，室中升火，提水上楼，楼下洗浣，常常累得红头涨脸。看见从东北来的师生露宿的情形，她又着实不忍，再看到山东来的学生数百人在操场上升火煮稀饭，她便拿出十元港币命孩子给送了过去。我们在穷困中兴复不浅，曾到六榕寺去玩，对于苏东坡题壁和六祖慧能的塑像印象甚深，但是那座花塔颜色俗丽而游人如织，则我们只好远远的避开。海角红楼也去饮茶过一次。住处实在没有设备。同人康清桂先生为我们订制了一张小木桌。一切简陋，而我们还请梅贻琦、陈雪屏先生来吃过一顿便饭，季淑以她的拿手馅饼飨客，时昭瀛送来一瓶白兰地，梅先生独饮半瓶而玉山颓矣。

广州中山大学外文系主任林文铮先生，好佛，他的单人宿舍是一间卧室一间佛堂，常于晚间作法会，室为之满。林先生和我一见如故，谓有夙缘，从此我得有机会观经看教，但是后来要为我"开顶"，则敬谢不敏。季淑也在此时开始对于佛教发生兴趣，她只求摄心，并不佞佛。林先生深于密宗，我贪禅悦，季淑则近净土。这时候法舫和尚在广州，有一天有朋友引他来看我，他是太虚的弟子，我游缙云山时他正是缙云寺的知客，曾有过一面之缘，他居然还没忘记。他送来一部他所著的《＜金刚经＞讲话》（附《＜心经＞讲话》），颇有深入浅出之妙。季淑捧读多遍，若有所契，后来持诵《心经》成为她的日课。人到颠沛流离的时候，很容易沉思冥想，披开尘劳世网而触及此一大事因缘。因为季淑于佛教中得到一些精神上的寄托，无形中也影响到我，我于观经之余常有疑义和她互相剖析、商讨，惜无金篦刮膜，我们终未能深入。我写有《了生死》一篇小文，便是我们的一点共同的肤浅之见，有些眼界高的人讥我谓为小乘之见，然哉，然哉！

我们每到一地，季淑对于当地的花木辄甚关心。平山堂附近的大礼堂后身有木棉十数本，高可七八丈，红花盛开，遥望如霞如锦，蔚为壮观。花败落地，訇然有声，据云落头上可以伤人。她从地上拾起一朵，瓣厚数分，蕊如编缝，赏玩久之。

此时军事情势逆转，广州震动，人心皇皇。我们几个朋友经常商讨何去何从。有一位朋友说他在四川万县有房有地，吃着无虞，欢迎我们一家前去同住。有一位朋友说他决计远走高飞到甘肃兰州，以为那是边陲，世外桃源。有一位朋友忽然闷声不响，原来他是打算去香港暂时观望，徐图靠拢。这时候教育部长杭立武先生，次长吴俊升、翟桓先生，他们就在中大的大礼堂楼上办公，通知我教育部要在台湾台北设法恢复国立编译馆的机构，其现实的目的是暂时收罗一些逃亡的学界人士。我接受了这个邀请，由陈雪屏先生为我办了入境证，便于一九四九年六月底搭乘华联轮，直驶台湾。季淑晕船，一路很苦。

十四

台湾"二二八"的影子还有时在心中呈现。我临行前写信给我的朋友徐宗涑先生："请为我预订旅舍，否则只好在尊寓屋檐下暂避风雨。"他派人把我们从基隆接到台北他家里歇宿了三天，承他的夫人史永贞大夫盛情款待，季淑与我终身感激。第四天搬进德惠街一号，那是林挺生先生的一栋日式房屋，承他的厚谊，我们有了栖身之处，而且一住就是三年。这一份隆情我们只好永铭心版了。季淑曾对我说："朋友们的恩惠在我们的心上是永不泯灭的，以后纵然有机会能够报答一二，也不能磨灭我们心上的刻痕。"她说得对。

德惠街当时是相当荒僻的地方，街中心是一条死水沟，野草高与人齐，偶有汽车经过，尘土飞扬入室扑面。在榻榻米上睡觉是我们的破题儿第一遭，躺下去之后觉得天花板好高好高，季淑起身时特别感觉吃力。过了两三个月，我买来三张木床、一个圆桌、八个圆凳，前此屋内只有季淑买来的一个藤桌、四把藤椅。这是我们的全部家具，一直用了二十多年，直到离开台湾始行舍去。有一天齐如山老先生来看我，进门一眼看到室内有床，惊呼曰："吓！混上床了！"这个"混"字（去声）来得妙，"混"是混事之谓，北方土语谓在社会上闯荡赚钱谋生为"混"。有季淑陪我，我当然能混得下去！徐太太送给我们一块木板、一根擀面杖和几个瓶子，我们便请了宗涑和他的夫人来吃饺子，我擀皮，季淑包，虽然不成敬意，大家都很高兴。

附近有一家冰果店，店名曰"春风"。我们有时踱到那里吃点东西，季淑总是买冰棒一根，取其价廉。我们每去一次，我名之为"春风一度"。

有人送一只特大的来亨鸡，性极凶猛，赤冠金距，遍体洁白，我们名之为"大公"。怕它寂寞，季淑给它买来一只黑毛大母鸡，名"缩脖坛子"，为大公所不喜；后又买来一只小巧的黄花杂毛母鸡，深得大公欢心，我们名之为"小花"。小花生蛋，大公亦有时代孵。大公得食，留给小花，没有缩脖坛子的份。卵多被大公踏破，季淑乃取卵纳入纸匣，装以灯泡，不数日而壳破雏出；有时壳坚不得出，她就小心的代为剖剥，黄茸茸的小雏鸡托在掌上，讨人欢喜。雏鸡长大者不过三数只，混种特别矫健，兼有大公之白与小花之俏，我们分别名之为"老大""老二""老三"。饲鸡是一件趣事，最受欢迎的是沙丁鱼汁拌饭，再不就是残肴剩菜拌饭，而炸酱面尤妙，会像"长虫吃扁担"似的一根根的直吞下去，季淑顾而乐之。养鸡约有两年，后因迁居不便携带，乃分送友朋，大公抑郁病死，小花被贼偷走不知所终。

我们本来不拟雇用女仆，季淑愿意操劳家事，她说她亲手制作饭食给我和孩子享用，是她的一大快乐，而且劳动筋骨对她自己也有益处。编译馆事务方面的人坚持要送一位女仆来理炊事，固辞不获，于是我们家里就添了一位年方十九、籍隶新竹的Y小姐。是一位天真未凿的乡下姑娘，本地的风俗是乡下人家常把他们的女儿送到城里来做事，并不一定是为糊口，常是为了想在一个良好家庭中学习一些礼仪知识以为异日主持家务之准备。季淑对于佣工，从来没有过磨擦，凡是到我家里来工作的人都是善来善去。这位Y小姐年纪轻轻，而且我们也努力了解本地的风俗习惯，待之以礼，所以和我们相处很好。不知怎的，她一天天的消瘦下来，不思饮食，继而不时长吁短叹，终乃天天以泪洗面。季淑不能不问，她初不肯言，终于廉得其情，其中一部分仍是谎饰，但是我们大体明了她的艰难处境——她急需要钱。季淑基于同情，把她手中剩存美金三十元全部送给了她，解救她的困厄。于羞惭称谢声中，她离我们而去。

编译馆原是由杭立武部长自兼馆长，馆址由洛阳街迁到浦城街，人员增多，业务渐繁，杭先生不暇兼顾，要我代理，于是馆长一职我代理了九个多月。文书鞅掌，非我素习，而人事应付尤为困扰。接事之后，大大小小的机关首长纷纷折简邀宴，饮食征逐，虚糜公帑。有一次在宴会里，一位多年老友拍肩笑着说道："你现在是杭立武的人了！"我生平独来独往不向任何人低头，所以栖栖皇皇一至于斯，如今无端受人讥评，真乃奇耻大辱。归而向季淑怨诉，她很了解我，她说："你忘记在四川时你的一位朋友蒋子奇给你相面，说你'一身傲骨，断难仕进'？"她劝我赶快辞职。她想起她祖父的经验，为宦而廉介自持则两袖清风，为宦而贪赃枉法则所不屑为，而且仕途险恶，不如早退。她对我说："假设有一天，朋比为奸坐地分赃的机会到了，你大概可以分到大股，你接受不？受则不但自己良心所不许，而且授人以柄，以后永远被制于人；不受则同僚猜忌，惟恐被你检举，因不敢放手胡为而心生怨望，必将从此千方百计陷你于不义而后快。"她这一番话坚定了我求去的心。此时政府改组，杭先生去职，我正好让贤，于是从此脱离了编译馆，专任师大教职。我任事之初，从不往来的人也登门存问，而且其尊夫人也来和季淑周旋，我卸职之后则门可罗雀，其怪遂绝。芝麻大的职位也能反映出一点点的人性。

因为台大聘我去任教并且拨了一栋相当宽敞的宿舍给我，师大要挽留我也拨出一栋宿舍给我，我听从季淑的主张，决定留在师大，于是在一九五二年夏搬进了云和街十一号。这也是日式房屋，不过榻榻米改换为地板，有几块地方走上去像是踏在地毯上一般软呼呼的。房子油刷一新，碧绿的两扇大门还相当耀眼，一位早已分配到宿舍而尚无这样大门的朋友顾而叹曰："是乃豪门！"地皮不大方正，前面宽，后面窄，在堪舆家看来是犯大忌的，我们不相信这一套。前院有一棵半枯的松树，一棵头重脚轻的曼陀罗（俗名鸡蛋花），还有一棵很大很大的面包树。这一棵面包树遮盖了大半个院子，叶如巨灵之掌，可当一把蒲扇用，果实烂熟坠地，据云可磨粉做成面包。季淑喜欢这棵树，喜欢它的硕大茂盛。后院里我们种了一棵黄莺、一棵九重葛，都很快的长大。为了响应当时的号召，还在后院建设了一个简陋的防空洞，其作用是积存雨水、繁殖蚊虫。

面包树的荫凉，在夏天给我们招来了好几位朋友。孟瑶住在我们街口的一个"危楼"里，陈之藩、王节如也住在不远的地方，走过来不需要五分钟，每当晚饭后薄暮时分，这三位是我们的常客。我们没有椅子可以让客人坐，只能搬出洗衣服时用的小竹凳子和我们饭桌旁的三条腿的小圆木凳，比"班荆道故"的情形略胜一筹。来客在树下怡然就座，不嫌简慢。我们海阔天空，无所不谈。我记得孟瑶讲起她票戏的经验，眉飞色舞，节如对于北平的掌故比我知道的还多，之藩说起他小时候写春联的故事，最是精彩动人。三位都是戏迷，逼我和季淑到永乐戏院去听戏，之后谈起顾正秋女士，谈三天也谈不完。季淑每晚给我们张罗饮料，通常是香片茶，永远是又酽又烫。有时候是冷饮。如果是酸梅汤，就会勾起节如对于北平信远斋的回忆，季淑北平住家就在信远斋附近，她便补充一些有关这一家名店的故事。坐久了,季淑捧出一盘盘的糯米藕,有关糯米藕的故事我可以讲一小时,之藩听得皱眉、叹气不已。季淑指着我说:"为了这几片藕,几乎把他馋死!"有时候她以冰凉的李子汤给我们解渴,抱憾的说:"可惜这里没有老虎眼大酸枣,否则还要可口些。"到了夜深,往往大家不肯散,她就为我们准备消夜,有时候是新出屉的大馒头,佐以残羹剩肴。之藩怕鬼,所以临去之前我一定要讲鬼故事,不待讲完他就堵起耳朵。他不一定是真怕鬼,可能是故作怕鬼状,以便引我说鬼。我知道他不怕鬼,他也知道我知道他不怕鬼,彼此心照不宣,每晚闲聊常以鬼故事终场。事后季淑总是怪我:"人家怕鬼,你为什么总是说鬼?"

季淑怕狗,比我还要怕。狗没有咬过她,可是她听说有人被疯狗咬过死时的惨状,她就不寒而栗。她出去买菜,若是遇见有狗在巷口徘徊,她就多走一段路绕道而行,有时绕几段路还是有狗,她就索性提着篮子回家,明天再买。有一次在店铺购物,从柜台后面走出一条小狗,她大惊失色。店主人说:"怕什么,它还没有生牙呢。"因为狗的缘故,她就很少时候独去买菜,总是由女工陪着她去。"狗是人类的最好的朋友",可是说来惭愧,我们根本不想和狗攀交。

我们的女工都是在婚嫁的时候才离开我们。其中有一位 C 小姐,在婚期之前季淑就给她张罗购买了一份日用品,包括梳洗和厨房用具。等到吉日便由我家出发,爆竹声中登上彩车而去,门口挤满了看热闹的人。有一位邻人还笑嘻嘻的对季淑说："恭喜，恭喜，令嫒今天打扮得好漂亮！"事后季淑还应邀到她的新房去探视过一次，回来告诉我说，她生活清苦，斗室一间，只有一个二尺见方的木板窗。

季淑酷嗜山水，虽然步履不健，尚余勇可贾。几次约集朋友们远足，她都兴致勃勃，八卦山、观音山、金瓜石、狮头山等处都有我们的游踪。看到林木、山石、海水，她都欢喜赞叹。不过因为心脏较弱，已不善登陟。在这个时候，我发现我染有糖尿症[①]，她则为风湿关节炎所苦，老态渐臻，无可如何。

云和街的房子有一重大缺点，地板底下每雨则经常积水，无法清除，所以总觉得室内潮气袭人，秋后尤甚，季淑称之为水牢。这对于她的风湿当然不利。一九五八年夏，文蔷赴美游学，家里顿形凄凉，我们有意改换环境。适有朋友进言，居住公家的日式房屋既不称意，何不买地自建房屋？我们心动。于是季淑天天奔走，到处看房看地。我们终于决定买下了安东街三〇九巷的一块地皮，于一九五九年一月迁入新居。

十五

我岂不知"求田问舍，怕应羞见，刘郎才气"？只因季淑病躯需要调养，故乃罄其所有，营此小筑。地皮不大，仅一百三十余

---

① 即糖尿病。编者注。

坪。倩同学、友人陆云龙先生鸠工兴建，图样是我们自己打的。我们打图的计划是，房求其小，院求其大，因为两个人不需要大房，而季淑要种花木，故院需宽敞。室内设计则务求适合我们的需要。她不喜欢我独自幽闭在一间书斋之内，她不愿扰我工作，但亦不愿与我终日隔离，她要随时能看见我。于是我们有一奇怪的设计，一联三间房，一间寝室，一间书房，中间一间起居室，拉门两套虽设而常开。我在书房工作，抬头即可看见季淑在起居室内闲坐，有时我晚间工作，亦可看见她在床上躺着。这一设计满足了我们的相互的愿望。季淑坐在中间的起居室，我曾笑她像是蜘蛛网上的一只雌蜘蛛，盘据网的中央，窥察四方的一切动静，照顾全家所有的需要，不愧为名副其实的一家之主。

不出半年，新屋落成。金圣叹《三十三不亦快哉》，其中之一是："本不欲造屋，偶得闲钱，试造一屋，自此日为始，需木，需石，需瓦，需砖，需灰，需钉，无晨无夕，不来聒于两耳。乃至罗雀掘鼠，无非为屋校计，而又都不得屋住，既已安之如命矣。忽然一日屋竟落成，刷墙扫地，糊窗挂画；一切匠作出门毕去，同人乃来分榻列坐，不亦快哉！"我们之快哉则有甚于此者。一切委托工程师，无应付工人之烦，一切早有预算，无临时罗掘之必要。惟一遗憾的是房屋造得太结实，比主人的身体要结实得多，十三年来没漏过雨水，地板没塌陷过一块，后来拆除的时候很费手脚。落成之后，好心朋友代我们做了庭园的布置，草皮花木应有尽有。

季淑携来一粒面包树的种子，栽在前院角上，居然茁长甚速，虽经台风几番摧毁，由于照管得法，长成大树，因为是她所手植，我特别喜爱它。

云和街的房子空出来之后，候补迁入的人很多，季淑坚决主张不可私相授受，历年修缮增建所耗亦无需计较索偿，所以我无任何条件，于搬出之日将钥匙送归学校，手续清楚。季淑则着手打扫清洁，不使继居者感到不便。我们临去时对那棵大面包树频频回顾，不胜依依。后来路经附近一带，我们也常特为绕道来此看看这棵树的雄姿是否无恙。

住到新房里不久，季淑患匐行疹（俗名转腰龙），腰上生一连串的小疱，是神经末梢的发炎，原因不明，不外是过滤性病毒所致，西医没有方法治疗，只能镇定剧痛的感觉。除了照料她的饮食之外，我爱莫能助。有一位朋友来探病，把我拉到一边告诉我说："此病不可轻视，等到腰上的一条龙合围一周，人就不行了。"又有一位朋友笑嘻嘻的四下打量着说："有这样的房子住，就是生病也是幸福。"这病拖延十日左右，最后有朋友介绍南昌街一位中医华佗氏，用他密制的药粉和以捣碎的瓮菜泥敷在患处，果然见效，一天天的好起来了。介绍华佗氏的这位朋友也为我的糖尿症推荐一个偏方：用玉蜀黍的须子熬水大量饮用。我试了好多天，无法证明其为有效。

说起糖尿症，我连累季淑不少。饮食无度，运动太少，为致病之由。她引咎自责，认为她所调配的食物不当，于是她就悉心改变我的饮食，其实医云这是老年性的糖尿症，并不严重。文蔷寄来一册《糖尿症手册》，深入浅出，十分有用，我细看不止一遍，还借给别人参阅。糖是不给我吃了，碳水化合物也减少到最低限度，本来炸酱面至少要吃两大碗，如今改为一大碗，而其中三分之二是黄瓜丝绿豆芽，面条只有十根八根埋在下面。一顿饭以两片面包为限，要我大量的吃黄瓜拌粉。动物性脂肪几乎绝迹，改用红花子油。她常感慨的说："有一些所谓'职业妇女'者，常讥笑家庭主妇的职业是在厨房里，其实我在厨房里的工作也还没有做好。"事实上，她做的太好了。自来台以后，我不太喜欢酒食应酬，有时避免开罪于人非敬陪末座不可，季淑就为我特制三文治一个，放在衣袋里，等别人"式燕以敖"的时候，我就取出三文治，道一声"告罪"，徐徐啮而食之。这虽令人败兴，但久之朋友们也就很少约我赴宴。在这样的饮食控制之下，我的糖尿症没有恶化，直到如今我遵照季淑给我配制的食谱，维持我的体重。

　　我们不喜欢赌，赌具却有一副，那是我在北平买的一副旧的麻将牌。季淑家居烦闷，三五友好就常聚在一起消磨时间，赌注小到不能再小，八圈散场，卫生之至。夫妻同时上桌乃赌家大忌，所以我只扮演"牌僮"，一旁伺候，时而茶水，时而点心，忙得团团转。赌，不开始则已，一开始赌注必定越来越大，圈数必定越来越多，牌发必定越来越杂；同时这种游戏对于关节炎患者并不适宜。

有一天季淑突然对我宣告："我从今天戒赌。"真的，从那一天起，真个不再打牌，以后连赌具也送人了，一张特制的桌面可以折角的牌桌也送人了，关于麻将之事，从此提都不提，我说不妨偶一为之，她也不肯。

对于花木，她的兴复不浅。后院墙角搭起一个八尺见方的竹棚（警察认为是违章建筑，但结果未被拆除），里面养了几十盆洋兰和素心兰。她最爱的是素心兰，严格讲应该是蕙，姿态可以入画，一缕幽香不时的袭人，花开时搬到室内，满室郁然。友人从山中送来一株灵芝，插入盆内，成为高雅的清供。竹棚上的玻璃被邻街的恶童一块块的击毁，不复能蔽风雨，她索性把兰花一盆盆的吊在前院一棵巨大的夹竹桃下，勉强有点阴凉，只是遇到连绵的雨水或酷寒的天气，便需一盆盆的搬进室内，有时半夜起来抢救，实在辛劳。玫瑰也是她所欣喜的，我们也有一些友人赠送的比较贵重的品种，遇有大风雨，她便用塑料袋把花苞一个个的包起来，使不受损。终以阳光太烈、土壤不肥，虽施专门的花肥，仍不能培护得宜。她常说："我们的兰花，不能和胡伟克先生家的相比，我们的玫瑰，不能和他人的相比，但是我亲手培养的就格外亲切可爱。"可惜她力不从心，不大能弯腰，亦不便蹲下，园艺之事不能尽兴。院里有含笑一株，英文叫 banana shrub（含笑花），因花香略带甜味近似香蕉，是我国南方有名的花木。有一天，师大送公教配给的工友来了，他在门外就闻到了含笑的香气，他乞求摘下几朵，问他作何用途,他惨然说:"我的母亲最爱此花,最近她逝世了,我想讨几朵献在她的灵前。"季淑大受感动,为之涕下,以后他每次来,不等他开口,只要枝上有花,必定摘下一盘给他。

季淑爱花草,不分贵贱,一视同仁。有一次在阳明山上的石隙中间看见一株小草,叶子像是竹叶,但不是竹,葱绿而挺俏,她试一抽取,连根拔出,遂小心翼翼的裹以手帕带回家里,栽在盆中灌水施肥,居然成一盆景。我作出要给她拔掉之状,她就大叫。

房檐下遮窗的雨棚,有几个铁钩子,是工程师好意安装的。季淑说:"这是天造地设,应该挂几个鸟笼。"于是我们买了三四个鸟笼,先是养起两只金丝雀。喂小米,喂菜心,喂红萝卜,鸟儿就是不大肯唱。后来请教高人,才知道一雌一雄不该放在一起,要隔离之后雄的才肯引吭高歌。(不独鸟类如此,人亦何尝不然?能接吻的嘴是不想歌唱的)我们试验之后,果然,但是总觉得这样摆布未免残忍。后来又养一种小鹦鹉,又名爱鸟,宽大的喙,整天咕咕的亲嘴。听说这种鹦鹉容易传染一种热病。我们开笼放生,不久又都飞回来,因为笼里有食物,宁可回到笼里来。之后,又养了一只画眉,这是一种雄壮的野鸟,怕光怕人,需要被人提着笼摇摇晃晃的早晨出去蹓跶。叫的声音可真好听,高亢而清脆,声达一二十丈以外。我们没有工夫遛它,有一天它以头撞笼流血而死。从此我们也就不再养鸟。在大自然的环境中,每见小鸟在枝头跳跃,季淑就驻足而观,喜不自禁。她喜爱鸟的轻盈的体态。

/ 辑一 /
你走后树更茂了

一九六〇年七月,我赴美国西雅图参加会议,顺便到伊利诺州看新婚后的文蔷,这是我来台湾后第一次和季淑作短期的别离,约二十日。我的心情就和三十多年前在美国作学生的时代一样,总是记挂着她。事毕我匆匆回来,她盛装到机场接我,"铅华不可弃,莫是藁砧归?"她穿的是自己缝制的一件西装,鞋子也是新的。她已许久不穿旗袍,因为腰窄领硬很不舒服,西装比较洒脱,领胸可以开得低低的。她算计着我的归期,花两天的时间就缝好了一件新衣,花样、式样我认为都无懈可击。我在汽车里就告诉她:"我喜欢你的装束。"小别重逢,"其新孔嘉,其旧如之何?"

一九六三年十二月十八日,有独行盗侵入寒家,持枪勒索,时季淑正在厨房预备午膳。文蔷甫自美国返来省亲,季淑特赴市场购得黄鳝数尾,拟做生炒鳝丝,方下油锅翻炒,闻警急奔入室,见盗正在以枪对我作欲射状。她从容不迫,告之曰:"你有何要求,尽管直说,我们会答应你的。"盗色稍霁。这时候门铃声大作,盗惶恐以为缇骑到门,扬言杀人同归于尽。季淑徐谓之曰:"你们二位坐下谈谈,我去应门,无论是谁,吾不准其入门。"盗果就坐,取钱之后犹嫌不足,夺我手表,复迫季淑交出首饰,她有首饰盒二,其一尽系廉价赝品,立取以应,盗匆匆抓取一把珠项链等物而去。当天夜晚,盗即就逮,于一月三日伏法。此次事件端赖季淑临危不乱,镇定应付,使我得以幸免于祸灾。未定谳前,季淑复力求警宪从轻发落,声泪俱下。碍于国法,终处极刑,我们为之痛心者累日。季淑的镇定的性格，得自母氏，我的岳母之沉着稳重，有非常人所能及者。

　　那盘生炒鳝丝，我们无心享受。事实上若非文蔷远路归宁，季淑亦绝不烹此异味，因为宰割鳝鱼厥状至惨，她雅不欲亲见杀生以恣口腹之欲。我们两人在外就膳，最喜"素菜之家"，清心寡欲，心安理得。她常说："自奉欲俭，待人不可不丰。"我有时邀约友好到家小聚，季淑总是欣然筹划，亲自下厨，她说她喜欢为人服务。最熟的三五朋友偶然来家午膳，季淑常以馅饼飨客，包制馅饼之法她得到母亲的真传，皮薄而匀，不干不破，客人无不击赏，他们因自号为"馅饼小姐"。有一回一位朋友食季淑亲制之葱油饼，松软而酥脆，不禁翘起拇指，赞曰："江南第一！"

　　季淑以主持中馈为荣，我亦以陪她商略膳食为乐。买菜之事很少委之佣人，尤其是我退休以后空闲较多，她每隔两日提篮上市，我必与俱。她提竹篮，我携皮包，缓步而行，绕市一匝，满载而归。市廛摊贩几乎无人不识这一对皤皤老者，因为我们举目四望很难发现再有这样一对。回到家里，倾筐倒箧，堆满桌上，然后我们就对面而坐，剥豌豆，掐豆芽，劈菜心……差不多一小时，一面手不停挥，一面闲话家常。随后我就去做我的工作，等到一声"吃饭"我便坐享其成。十二时午饭，六时晚饭，准时用餐，往往是分秒不爽，多少年来总是如此。

　　帮我们做工的W小姐，做了五年之后于归，我们舍不得她去，季淑为她置备一些用品,又送她一架缝纫机,由我们家里登上彩车而去。以后她还常来探视我们。

我的生日在腊八那一天,所以不容易忘过。天还未明,我的耳边就有她的声音:"腊七腊八儿,冻死寒鸦儿。我的寒鸦儿冻死了没有?"我要她多睡一会儿,她不肯,匆匆爬起来就往厨房跑,去熬一大锅腊八粥。等我起身,热呼呼的一碗粥已经端到我的跟前。这一锅粥,她事前要准备好几天,跑几趟街才能勉强办齐基本的几样粥果,核桃要剥皮,瓜子也要去皮,红枣要刷洗,白果要去壳——好费手脚。我劝她免去这个旧俗,她说:"不,一年只此一遭,我要给你做。"她年年不忘,直到来了美国最后两年,格于环境,她才抱憾的罢手。头一年腊八,她在我的纪念册上画了一幅兰花,第二年腊八,将近甲寅,她为我写了一个"一笔虎",缀以这样的几个字:

华:
　　明年是你的本命年,
　　　我写一笔虎,
　　　祝你寿绵绵,
　　我不要你风生虎啸,
　　我愿你老来无事饱加餐。
　　　　　　　　　　季淑

"无事""加餐",谈何容易!我但愿能不辜负她的愿望。

有一天我们闲步,巷口邻家的一个小女孩立在门口,用她的小指头指着季淑说:"你老啦,你的头发都白啦。"童言无忌,相与一笑。回家之后季淑就说:"我想去染头发。"我说:"千万不要。我爱你的本色,头白不白,没有关系,不过我们是已经到了偕老的阶段。"从这天起,我开始考虑退休的问题。我需要更多的时间享受我的家庭生活,也需要更多的时间译完我久已应该完成的《莎士比亚全集》。在季淑充分谅解与支持之下,我于一九六六年夏奉准退休,结束了我在教育界四十年的服务。

八月十四日师大英语系及英语研究所同人邀宴我们夫妇于欣欣餐厅,出席者六十人,我们很兴奋也很感慨。我们于二十四日设宴于北投金门饭店答谢同人,并游野柳。退休之后,我们无忧无虑到处闲游了几天。最近的地方是阳明山,我们寻幽探胜,专找那些没有游人肯去的地方。我有午睡习惯,饭后至旅舍辟室休息,携手走出的时候旅舍主人往往投以奇异的眼光,好像是不大明白这样一对老人到这里来是搞什么勾当。有一天季淑说:"青草湖好不好?"我说:"管他好不好!去!"一所破庙,一塘泥水,但是也有一点野趣,我们的兴致很高。更有时,季淑备了卤菜,我们到荣星花园去野餐,也能度过一个愉快的半天。

我没有忘记翻译莎氏戏剧,我伏在案头辄不知时刻,季淑不时的喊我:"起来!起来!陪我到院里走走。"她是要我休息。于是相偕出门赏玩她手栽的一草一木。我翻译莎氏，没有什么报酬可言，穷年累月，兀兀不休，其间也很少得到鼓励，漫漫长途中陪伴我、体贴我的只有季淑一人。最后三十七种剧本译竟，由远东图书公司出版，一九六七年八月六日，承朋友们的厚爱，以"中国文艺协会"等名义发起在台北举行庆祝会。到会者约三百人，主其事者是刘白如、赵友培、王蓝等几位先生。有两位女士代表献花给我们夫妇，我对季淑说："好像我们又在结婚似的。"是日《中华日报》有一段报导，说我是"三喜临门"："一喜，三十七本莎翁戏剧出版了，这是台湾省的第一部由一个人译成的全集；二喜，梁实秋和他的老伴结婚四十周年；三喜，他的爱女梁文蔷带着丈夫邱士耀和两个宝宝由美国回来看公公。"三喜临门固然使我高兴，最能使我感动的另有两件事：一是谢冰莹先生在庆祝会中致词，大声疾呼："《莎氏全集》的翻译完成，应该一半归功于梁夫人！"一是《世界画刊》的社长张自英先生在我书房壁上看见季淑的照片，便要求取去制版，刊在他的第三百二十三期画报上，并加注明："这是梁夫人程季淑女士——在四十二年前——年轻时的玉照，大家认为梁先生的成就，一半应该归功于他的夫人。"他们二位异口同声说出了一个妻子对于她的丈夫之重要。她容忍我这么多年做这样没有急功近利可图的工作，而且给我制造身心愉快的环境，使我能安心的专于其事。

　　文蔷、士耀和两个孩子在台住了一年零九个月，给了我们很大的安慰,可是他们终于去了,又使我们惘然。我用了一年的工夫译了莎士比亚的三部诗,全集四十册算是名副其实的完成了,从此与莎士比亚暂时告别。一九六八年春天,我重读近人一篇短篇小说,题名是《迟些聊胜于无》(Better Late Than Never),描述一个老人退休后领了一笔钱带着他的老妻补作蜜月旅行,甚为动人,我曾把它收入我编的高中英语教科书,如今想想这也正是我现在应该做的事。我向季淑提议到美国去游历一番,探视文蔷一家,顺便补偿我们当初结婚后没有能享受的蜜月旅行。她起初不肯,我就引述那篇小说里的一句话:"什么,一个新娘子拒绝和她的丈夫做蜜月旅行!"她这才没有话说。我们于一九七〇年四月二十一日飞往美国,度我们的蜜月,不是一个月,是约四个月,于八月十九日返回台北,这是我们的一个豪华的扩大的迟来的蜜月旅行,途中经过俱见我所写的一个小册《西雅图杂记》。

十六

我们匆匆回到台北,因为帮我们做家务的 C 小姐即将结婚,她在我们家里工作已经七年,平素忠于职守,约定等我们回来她再成婚,所以我们的蜜月不能耽误人家的好事。季淑从美国给她带来一件大衣,她出嫁时赠送她一台电视机及家中一些旧的家具之类。我们去吃了喜酒。她的父母对我们说了一些话,我一句也听不懂,季淑听懂了其中一部分:都是乡村人所能说出的简单而诚挚的话。

我已多年不赴喜宴，最多是观礼申贺，但是这一次是例外，直到筵散才去。我们两年后离开台北，登车而去的时候，她赶来送行，我看见她站在我们家门口落下了泪。

我有凌晨外出散步的习惯，季淑怕我受寒，尤其是隆冬的时候，她给我缝制一条丝绵裤，裤脚处钉一副飘带，绑扎起来密不透风，又轻又暖。像这样的裤子，我想在台湾恐怕只此一条。她又给我做了一件丝绵长袍，在冬装中这是最舒适的衣服。第一件穿脏了不便拆洗，她索性再做一件。做丝绵袍不是简单的事，台湾的裁缝匠已经很少人会做。季淑做起来也很费事，买衣料和丝绵，一张张的翻丝绵，做丝绵套，剪裁衣料，绷线，抹浆糊，撩边，钉纽扣，这一连串工作不用一个月也要用二十天才能竣事，而且家里没有宽大的台面，只能拉开餐桌的桌面凑合着用，佝着腰，再加上她的老花眼，实在是过于辛苦。我说我愿放弃这一奢侈享受，她说："你忘记了？你的狐皮袄我都给你做了，丝绵袍算得了什么？"新做的一件，只在阴历年穿一两天，至今留在身边没舍得穿。

说到阴历年，在台湾可真是热闹，也许是大家心情苦闷怀念旧俗吧，不知为什么有那么多的人竞相拜年。季淑是永远不肯慢待嘉宾的，起先是大清早就备好的莲子汤、茶叶蛋以及糖果之类，后来看到来宾最欣赏的是舶来品，她就索性全以舶来品待客。客人可以成群结队的来，走时往往是单人独个的走，我们双双的恭送到大门口，一天下来精疲力竭。但是她没有怨言，她感谢客人的光临。我的老家,自一九一二年起,就取消了"过年"的一切仪式。到台湾后季淑就说:"别的不提,祖先是不能不祭的。"我觉得她说得对。一个人怎能不慎终追远呢?每逢过年,她必定治办酒肴,燃烛焚香,祭奠我的列祖列宗。她因为腿脚关节不灵,跪拜下去就站不起来,我在旁拉扯她一把。我建议给我的岳母也立一个灵位,我愿一同拜祭,略尽一点孝意,她说不可,另外焚一些冥镪便是。我陪同她折锡箔,我给她写纸包袱,由她去焚送。她知道这一切都是无裨实际的形式,但是她说:"除此以外,我们对于已经弃养的父母还能做些什么呢?"

一般人主持家计,应该是量入为出,季淑说:"到了衣食无缺的地步之后,便不该是'量入为出',应该是'量入为储',因为你不知道什么时候你将有不时之需。"有人批评我们说:"你们府上每月收入多少,与你们的生活水准似乎无关。"是的,季淑根本不热心于提高日常的生活水准。东西不破,不换新的。一根绳,一张纸,不轻抛弃。院里树木砍下的枝叶,晒干了之后留在冬季烧壁炉。鼓励消费之说与分期付款的制度,她是听不入耳的。可是在另一方面,她很豪爽,她常说:"贫家富路",外出旅行的时候决不吝啬;过年送出去的红包,从不缺少;亲戚子弟读书而膏火不继,朋友出国而资斧不足,她都欣然接济。我告诉她我有一位朋友遭遇不幸急需巨款,她没有犹豫就主张把我们几年的储蓄举以相赠,而且事后她没有向任何人提起。

俗语说："女主内，男主外。"我的家则无论内外，一向由季淑兼顾。后来我觉察她的体力渐不如往昔的健旺，我便尽力减少在家里宴客的次数，我不要她在厨房里劳累，同时她外出办事我也尽可能的和她偕行。果然，有一天，在南昌街合会，她从沙发上起立，突然倒在地上，到沈彦大夫诊所查验，血压高至二百四十几度，立即在该诊所楼上病房卧下，住了十天才回家。病房的伙食只是大碗面、大碗饭，并不考虑病人的需要，我每天上午去看她，送一瓶鲜桔汁，这是多少年来我亲手每天为她预备的早餐的一部分，再送一些她所喜欢的食物，到下午我就回家。这十天我很寂寞，但是她在病房里更惦记我。高血压是要长期服药休养的，我买了一个血压计，我耳聋听不到声音，她自己试量。悉心调养之下，她的情况渐趋好转，但是任何激烈的动作均行避免。

自从季淑患高血压，文蔷就企盼我们能到美国去居住，她就近可以照料。一九七二年国际情势急剧变化，她便更为着急。我们终于下了决心，卖掉房子，结束这个经营了多年的破家，迁移到美国去。但是卖房子结束破家，这一连串的行动牵涉很广，要奔走，要费唇舌，要与市侩为伍，要走官厅门路，这一份苦难我们两个互相扶持的承受了下来。于五月二十六日我们到了美国。

十七

美国不是一个适于老年人居住的地方。一棵大树，从土里挖出来，移植到另外一个地方去，都不容易活，何况人？人在本乡本土的文化里根深蒂固，一挖起来总要伤根，到了异乡异地水土不服自是意料中事。季淑肯到美国来，还不是为了我？

西雅图地方好，旧地重游，当然兴奋。季淑看到了她两年前买的一棵山杜鹃已长大了不少，心里很欢喜。有人怨此地气候潮湿，我们从台湾来的人只觉得其空气异常干燥舒适。她来此后风湿性关节炎没有严重的复发过，我们私心窃喜。每逢周末，士耀驾车，全家出外郊游，她的兴致总是很高，咸水公园捞海带，植物园池塘饲鸭，摩基提欧轮渡码头喂海鸥，奥林匹亚啤酒厂参观酿造，斯诺夸密观瀑，义勇军公园温室赏花，布欧尔农庄摘豆，她常常乐而忘疲。从前去过加拿大维多利亚拔卓特花园，那里的球茎秋海棠如云似锦，她常念念不忘。但是她仍不能不怀念安东街寓所她手植的那棵面包树，那棵树依然无恙。我在一九七三年一月十一日（壬子腊八）戏填一首俚词给她看：

恼煞无端天末去。
几度疯狂，不道岁云暮。
莫叹旧居无觅处，犹存墙角面包树。

目断长空迷津渡。
泪眼倚楼，楼外青无数。
往事如烟如柳絮，
相思便是春常驻。

事实上她从来不对任何人有任何怨诉，只是有的时候对我掩不住她的一缕乡愁。

在百无聊赖的时候季淑就织毛线。她的视神经萎缩，不能多阅读，织毛线可以不太耗目力。在织了好多件成品之后，她要给我织一件毛衣，我怕她太劳累，宁愿继续穿那一件旧的深红色的毛衣，那也是她给我织的，不过是四十几年前的事了。我开始穿那红毛衣的时候，杨金甫还笑我是"暗藏春色"。如今这红毛衣已经磨得光平，没有一点毛。有一天她得便买了毛线回来，天蓝色的，十分美观，没有用多少工夫就织成了，上身一试，服服帖帖。她说："我给你织这一件，要你再穿四十年。"

岁月不饶人，我们两个都垂垂老矣。有一天，她抚摸着我的头发，说："你的头发现在又细又软，你可记得从前有一阵你不愿进理发馆，我给你理发，你的头发又多又粗，硬得像是板刷，一剪子下去，头发渣溅得满处都是。"她这几句话引我想起英国诗人彭士（Robert Burns）的一首小诗：

John Anderson My Jo

John Anderson My jo, John,

When we were first acquent,

Your locks were like the raven,

Your bonie brow was brent;

But now your brow is beld, John,
　　Your locks are like the snow,
But blessings on your frosty pow,
　　John Anderson my jo!

　　John Anderson my Jo, John,
　　We climb the hill thegither,
And monie a cantie day, John,
　　We've had wi'ane anither:
Now we maun totter down, John,
　　And hand in hand we'll go,
And sleep thegither at the foot,
　　John Anderson my jo!

约翰·安德森，我的心肝

约翰·安德森，我的心肝，约翰，
　　想当初我们俩刚刚相识的时候，
你的头发黑的像是乌鸦一般，
　　你的美丽的前额光光溜溜；
但是如今你的头秃了，约翰，
　　你的头发白得像雪一般，

> 但愿上天降福在你的白头上面,
> 约翰·安德森,我的心肝!
> 约翰·安德森,我的心肝,约翰,
> 我们俩一同爬上山去,
> 很多快乐的日子,约翰,
> 我们是在一起过的:
> 如今我们必须踽踽的下去,约翰,
> 我们要手拉着手的走下山去,
> 在山脚下长眠在一起,
> 约翰·安德森,我的心肝!

我们两个很爱这首诗,因为我们深深理会其中深挚的情感与哀伤的意味。我们就是正在"手拉着手的走下山"。我们在一起低吟这首诗不知有多少遍!

季淑怵上楼梯,但是餐后回到室内须要登楼,她就四肢着地的爬上去。她常穿一件黑毛绒线的上衣,宽宽大大的,毛毛茸茸的,在爬楼的时候我常戏言:"黑熊,爬上去!"她不以为忤,掉转头来对我吼一声,做咬人状。可是进入室内,她就倒在我的怀内,我感觉到她的心脏扑通扑通的跳。

我们不讳言死,相反的,还常谈论到这件事。季淑说:"我们已经偕老,没有遗憾,但愿有一天我们能够口里喊着'一、二、三'，然后一起同时死去。"这是太大的奢望，恐怕总要有个先后。先死者幸福，后死者苦痛。她说她愿先死，我说我愿先死。可是略加思索，我就改变主张，我说："那后死者的苦痛还是让我来承当吧！"她谆谆的叮嘱我说，万一她先我而死，我须要怎样的照顾我自己，诸如工作的时间不要太长，补充的药物不要间断，散步必须持之以恒，甜食不可贪恋——没有一项琐节她不曾想到。

我想手拉着手的走下山也许尚有一段路程。申请长久居留的手续已经办了一年多，总有一天会得到结果，我们将双双的回到本国的土地上去走一遭。再过两年多，便是我们结婚五十周年，在可能范围内要庆祝一番，我们私下里不知商量出多少个计划。谁知道这两个期望都落了空！

四月三十日那个不祥的日子！命运突然攫去了她的生命！上午十点半我们手拉着手到附近市场去买一些午餐的食物，市场门前一个梯子忽然倒下，正好击中了她。送医院急救，手术后未能醒来，遂与世长辞。在进入手术室之前的最后一刻，她重复的对我说："华，你不要着急！华，你不要着急！"这是她最后对我说的一句话，她直到最后还是不放心我，她没有顾虑到她自己的安危。到了手术室门口，医师要我告诉她，请她不要紧张，最好是笑一下，医师也就可以轻松的执行他的手术。她真的笑了，这是我在她生时最后看到的她的笑容！她在极痛苦的时候，还是应人之请作出了一个笑容！她一生茹苦含辛，不愿使任何别人难过。

/ 辑一 /
你走后树更茂了

　　我说这是命运，因为我想不出别的任何理由可以解释。我问天，天不语。哈代（Thomas Hardy）有一首诗《二者的辐合》（The Convergence of the Twain），写一九一二年四月十五日豪华邮轮"铁达尼"号在大西洋上做处女航，和一座海上漂流的大冰山相撞，死亡在一千五百人以上。在时间上、空间上配合得那样巧，以至造成那样的大悲剧。季淑遭遇的意外，亦正与此仿佛，不是命运是什么？人世间时常没有公道，没有报应，只是命运，盲目的命运！我像一棵树，突然一声霹雳，电火殛毁了半劈的树干，还剩下半株，有枝有叶，还活着，但是生意尽矣。两个人手拉着手的走下山，一个突然倒下去，另一个只好跟跟跄跄的独自继续他的旅程！

　　本文曾引录潘岳的《悼亡诗》，其中有一句："上惭东门吴"。东门吴是人名，复姓东门，春秋魏人。《列子·力命》："魏人有东门吴者，其子死而不忧。其相室曰：'公之爱子，天下无有，今子死，不忧何也？'东门吴曰：'吾常无子，无子之时不忧；今子死，乃与向无子同，臣奚忧焉？'"这个说法是很勉强的。我现在茕然一鳏，其心情并不同于当初独身未娶时。多少朋友劝我节哀顺变，变故之来，无可奈何，只能顺承，而哀从中来，如何能节？我希望人死之后尚有鬼魂，夜眠闻声惊醒，以为亡魂归来，而竟无灵异。白昼萦想，不能去怀，希望梦寐之中或可相觌，而竟不来入梦！环顾室中，其物犹故，其人不存。元微之《悼亡诗》有句："惟将终夜常开眼，报答平生未展眉！"我固不仅是终夜常开眼也。

季淑逝后之翌日,得此间移民局通知前去检验体格,然后领取证书;又逾数十日得大陆子女消息。我只能到她的坟墓去涕泣以告。六月三日师大英语系同仁在台北善导寺设奠追悼,吊者二百余人,我不能亲去一恸,乃请陈秀英女士代我答礼,又信笔写一对联寄去,文曰:"形影不离,五十年来成梦幻;音容宛在,八千里外吊亡魂。"是日我亦持诵《金刚经》一遍,口诵"一切有为法,如梦、幻、泡、影,如露亦如电,应作如是观",而我心有驻,不能免于实执。五十余年来,季淑以其全部精力、情感奉献给我,我能何以为报?秦嘉《赠妇诗》:

诗人感木瓜,乃欲答瑶琼。
愧彼赠我厚,惭此往物轻。
虽知未足报,贵用叙我情。

缅怀既往,聊当一哭!衷心伤悲,掷笔三叹!

一九七四年八月二十九日于美国西雅图

幸得诸君慰平生

辑二

大抵画家到了某一境界，胸中自有丘壑，一山一水一石一木，未必实有其境，然皆不背于理，此之谓创作。

慰平生

诸君

幸得

辜鸿铭先生轶事

辜鸿铭先生以茶壶譬丈夫，以茶杯譬妻子，故赞成多妻制，诚怪论也。

先生之怪论甚多，常告人以姓辜之故，谓始祖寔为罪犯。又言始祖犯罪，不足引以为羞；若数典忘祖，方属可耻云。

先生深于英国文学之素养。或叩以养成之道，曰：先背熟一部名家著作做根基。又言今人读英文十年，开目仅能阅报，伸纸仅能修函，皆由幼年读一猫一狗式之教科书，是以终其身只有小成。先生极赞成中国私塾教授法，以开蒙未久，即读四书五经，尤须背诵如流水也。

先生之书法，极天真烂漫之致，别字虽不甚多，亦非极少。盖先生生于异国，学于苏格兰，比壮年入张之洞幕，始沉潜于故邦载籍云。

先生好选《诗经》中成句，译英文诗，虽未能天衣无缝，亦颇极传神之妙。先生以"情"译"poetry"，以"理"译"philosophy"，以"事"译"History"，以"物"译"Science"，以"阴阳"译"Physic"，以"五行"译"Chemistry",以"红福"译"Juno",以"清福"译"Minerva",以"艳福"译"Venus",于此可见其融合中外之精神。

先生喜征逐之乐,顾不修边幅,既垂长辫,而枣红袍与天青褂上之油腻,尤可鉴人,粲者立于其前,不须揽镜,即有顾影自怜之乐。先生对于妓者颇有同情,恒操英语曰:"Prostitude 者,Destitude 也。"(意谓卖淫者卖穷也。)

先生多情而不专,夫人在一位以上。尝娶日妇,妇死,哭之悲,悼亡之痛,历久不渝。先生尝患贫,顾一闻丐者呼号之声,立即拔关而出,界以小银币一二枚,勃谿之声,尝因之而起。

先生操多种方言,通几国文字;日之通士,尤敬慕先生,故日本人所办之英文报纸,常发表先生忠君爱国之文字。文中畅引中国经典,滔滔不绝,其引文之长,令人兴喧宾夺主之感,顾趣味弥永。凡读其文者只觉其长,并不觉其臭。

记梁任公先生的一次演讲

梁任公先生晚年不谈政治，专心学术。大约在一九二一年左右，清华学校请他作第一次的演讲，题目是《中国韵文里表现的情感》。我很幸运的有机会听到这一篇动人的演讲。那时候的青年学子，对梁任公先生怀着无限的景仰，倒不是因为他是戊戌政变的主角，也不是因为他是云南起义的策划者，实在是因为他的学术文章对于青年确有启迪领导的作用。过去也有不少显宦以及叱咤风云的人物莅校讲话，但是他们没有能留下深刻的印象。

任公先生的这一篇讲演稿，后来收在《饮冰室文集》里。他的讲演是预先写好的，整整齐齐的写在宽大的宣纸制的稿纸上面，他的书法很是秀丽，用浓墨写在宣纸上，十分美观。但是读他这篇文章和听他这篇讲演，那趣味相差很多，犹之乎读剧本与看戏之迥乎不同。

我记得清清楚楚，在一个风和日丽的下午，高等科楼上大教堂里坐满了听众，随后走进了一位短小精悍秃头顶宽下巴的人物，穿着肥大的长袍，步履稳健，风神潇洒，左右顾盼，光芒四射，这就是梁任公先生。

他走上讲台,打开他的讲稿,眼光向下面一扫,然后是他的极简短的开场白,一共只有两句,头一句是:"启超没有什么学问——,"眼睛向上一翻,轻轻点一下头:"可是也有一点喽!"这样谦逊同时又这样自负的话是很难得听到的。他的广东官话是很够标准的,距离国语甚远,但是他的声音沉着而有力,有时又是宏亮而激亢,所以我们还是能听懂他的每一字,我们甚至想,如果他说标准国语,其效果可能反要差一些。

我记得他开头讲一首古诗《箜篌引》:

公无渡河,公竟渡河!
渡河而死,其奈公何!

这四句十六字,经他一朗诵,再经他一解释,活画出一出悲剧,其中有起承转合,有情节,有背景,有人物,有情感。我在听先生这篇讲演后约二十余年,偶然获得机缘在茅津渡候船渡河,但见黄沙弥漫,黄流滚滚,景象苍茫,不禁哀从衷来,顿时忆起先生讲的这首古诗。

先生博闻强记,在笔写的讲稿之外,随时引证许多作品,大部分他都能背诵得出。有时候,他背诵到酣畅处,忽然记不起下文,他便用手指敲打他的秃头,敲几下之后,记忆力便又畅通,成本大套的背诵下去了。他敲头的时候,我们屏息以待,他记起来的时候,我们也跟着他欢喜。

先生的讲演,到紧张处,便成为表演。他真是手之舞之足之蹈之,有时掩面,有时顿足,有时狂笑,有时叹息。听他讲到他最喜爱的《桃花扇》,讲到"高皇帝,在九天,不管……"那一段,他悲从衷来,竟痛哭流涕而不能自已。他掏出手巾拭泪,听讲的人不知有几多也泪下沾巾了!又听他讲杜氏讲到"剑外忽传收蓟北,初闻涕泪满衣裳……",先生又真是于涕泗交流之中张口大笑了。

这一篇讲演分三次讲完,每次讲过,先生大汗淋漓,状极愉快。听过这讲演的人,除了当时所受的感动之外,不少人从此对于中国文学发生了强烈的爱好。先生尝自谓"笔锋常带情感",其实先生在言谈讲演之中所带的情感不知要更强烈多少倍!

有学问、有文采、有热心肠的学者,求之当世能有几人?于是我想起了从前的一段经历,笔而记之。

胡适先生二三事

胡先生是安徽徽州绩溪县人，对于他的乡土念念不忘，他常告诉我们他的家乡的情形。徽州是个闭塞的地方，四面皆山，地瘠民贫，山地多种茶，每逢收茶季节，茶商经由水路，从金华到杭州、到上海求售，所以上海的徽州人特多，号称"徽帮"，其势力一度不在"宁帮"之下。四马路一带就有好几家徽州馆子。民国十七八年间，有一天，胡先生特别高兴，请努生、光旦和我到一家徽州馆吃午饭。上海的徽州馆相当守旧，已经不能和新兴的广东馆、四川馆相比，但是胡先生要我们去尝尝他的家乡风味。

我们一进门，老板一眼望到胡先生，便从柜台后面站起来笑脸相迎，满口的徽州话，我们一点也听不懂。等我们扶着栏杆上楼的时候，老板对着后面厨房大吼一声。我们落座之后，胡先生问我们是否听懂了方才那一声大吼的意义。我们当然不懂，胡先生说："他是在喊：'绩溪老倌，多加油啊！'"原来绩溪是个穷地方，难得吃油大，多加油即是特别优待老乡之意。果然，那一餐的油不在少。有两个菜给我的印象特别深，一个是划水鱼，即红烧青鱼尾，鲜嫩无比，一个是生炒蝴蝶面，即什锦炒生面片，非常别致。缺点是味太咸，油太大。

徽州人聚族而居，胡先生常夸说，姓胡的、姓汪的、姓程的、姓吴的、姓叶的，大概都是徽州，或是源出于徽州。他问过汪精卫、叶恭绰，都承认他们祖上是在徽州。孥生调侃地说："胡先生，如果再扩大研究下去，我们可以说中华民族起源于徽州了。"相与拊掌大笑。

吾妻季淑是绩溪程氏，我在胡先生座中如遇有徽州客人，胡先生必定这样的介绍我："这是梁某某，我们绩溪的女婿，半个徽州人。"他的记忆力特别好，他不会忘记提起我的岳家早年在北京开设的程五峰斋，那是一家在北京与胡开文齐名的笔墨店。

胡先生酒量不大，但很喜欢喝酒。有一次他的朋友结婚，请他证婚，这是他最喜欢做的事。筵席只预备了两桌，礼毕入席，每桌备酒一壶，不到一巡而壶告罄。胡先生大呼添酒，侍者表示为难。主人连忙解释，说新娘是"Temperance Lesgue"（节酒会）的会员。胡先生从怀里掏出现洋一元交付侍者，他说："不干新郎新娘的事，这是我们几个朋友今天高兴，要再喝几杯。赶快拿酒来。"主人无可奈何，只好添酒。

事实上胡先生从不闹酒。民国二十年①春，胡先生由沪赴平，道出青岛，我们请他到青岛大学演讲，他下榻万国疗养院。讲题是

---

① 1931年。编者注。

《山东在中国文化里的地位》，就地取材，实在高明之至，对于齐鲁文化的变迁、儒道思想的递嬗，讲得头头是道，亹亹不倦，听众无不欢喜。当晚青大设宴，有酒如渑，胡先生赶快从袋里摸出一只大金指环给大家传观，上面刻着"戒酒"二字，是胡太太送给他的。

胡先生交游广，应酬多，几乎天天有人邀饮，家里可以无需开伙。徐志摩风趣的说："我最羡慕我们胡大哥的肠胃，天天酬酢，肠胃居然吃得消！"其实胡先生并不欣赏这交际性的宴会，只是无法拒绝而已。民国二十年六月二十一日胡先生写信给我，劝我离开青岛到北大教书，他说："你来了，我陪你喝十碗好酒！"

胡先生住上海极司菲尔路的时候，有一回请"新月"一些朋友到他家里吃饭，菜是胡太太亲自做的——徽州著名的"一品锅"。一只大铁锅，口径差不多有一呎，热腾腾的端了上桌，里面还在滚沸，一层鸡，一层鸭，一层肉，点缀着一些蛋皮饺，紧底下是萝卜、白菜。胡先生详细介绍这一品锅，告诉我们这是徽州人家待客的上品，酒菜、饭菜、汤，都在其中矣。对于胡太太的烹调的本领，他是赞不绝口的。他认为另有一样食品也是非胡太太不办的，那就是蛋炒饭——饭里看不见蛋而蛋味十足，我虽没有品尝过，可是我早就知道其做法是把饭放在搅好的蛋里拌匀后再下锅炒。

胡先生不以书法名，但是求他写字人太多，他也喜欢写。他做中国公学校长的时候，每星期到吴淞三两次，我每次遇见他都是

/ 辑二 /
幸得诸君慰平生

看到他被学生们里三层外三层的密密围绕着。学生要他写字，学生需要自己备纸和研好的墨。他未到校之前，桌上已按次序排好一卷一卷的宣纸、一盘一盘的墨汁。他进屋之后就伸胳膊、挽袖子，挥毫落纸如云烟，还要一面和人寒暄，大有手挥五弦、目送飞鸿之势。胡先生的字如其人，清癯削瘦，而且相当工正，从来不肯作行草，一横一捺都拖得很细很长，好像是伸胳膊伸腿的样子。不像瘦金体，没有那一份劲逸之气，可是不俗。胡先生说起蔡孑民先生的字，也是瘦骨嶙峋，和一般人点翰林时所写的以黑、大、圆、光著名的墨卷迥异其趣。胡先生曾问过他，以他那样的字何以能点翰林，蔡先生答说："也许是因为当时最流行的是黄山谷的字体罢！"

胡先生最爱写的对联是"大胆的假设，小心的求证；认真的做事，严肃的做人"。我常惋惜，大家都注意上联，而不注意下联。这一联有如双翼，上联教人求学，下联教人做人，我不知道胡先生这一联发生了多少效果。这一联教训的意味很浓，胡先生自己亦不讳言他喜欢用教训的口吻。他常说："说话而教人相信，必须斩钉截铁、咬牙切齿、翻来覆去的说。《圣经》里便是时常使用'Verily''Verily（我实实在在地说）'，以及'Thou shalt'[①]（您应当）等等的字样。"胡先生说话并不武断，但是语气永远是非常非常坚定的。

赵瓯北的一首诗："李杜诗篇万口传，至今已觉不新鲜。江

---
① 古英语。编者注。

111

山代有才人出,各领风骚五百年。"也是胡先生所爱好的,显然是因为这首诗的见解颇合于提倡新文学者的口味。胡先生到台湾后,有一天我请他到师大讲演,讲的是《中国文学的演变》,以六十八高龄的人犹能谈上两个钟头而无倦色。在休息的时间,《中国语文》一月刊请他题字,他题了三十多年前的旧句:"山风吹散了窗纸上的松影,吹不散我心头的人影。"

胡先生毕生服膺科学,但是他对于中医问题的看法并不趋于极端,和傅斯年先生一遇到孔庚先生便脸红脖子粗的情形大不相同。(傅斯年先生反对中医,有一次和提倡中医的孔庚先生在国民参政会席上相对大骂,几乎要挥老拳。)胡先生笃信西医,但也接受中医治疗。

民国十四年①二月孙中山先生病危,从医院迁出,住进行馆,改试中医,由适之先生偕名医陆仲安诊视。这一段经过是大家知道的。陆仲安初无藉藉名,徽州人,一度落魄,住在绩溪会馆,所以才认识胡先生,偶然为胡先生看病,竟奏奇效,故胡先生为他揄扬,名医之名不胫而走。事实上陆先生亦有其不平凡处,盛名固非幸致。十五六年之际,我家里有人患病即常延陆来诊。陆先生诊病,无模棱两可语,而且处方下药分量之重令人惊异。药必须要到同仁堂去抓,否则不悦。每服药必定是大大的一包,小一点的药锅

---

① 1925年。编者注。

/ 辑二 /
幸得诸君慰平生

便放不进去。贵重的药更要大量使用。他的理论是：看准了病便要投以重剂猛攻。后来在上海，有一次胡先生请吃花酒，我发现陆先生亦为席上客，那时候他已是大腹便便、仆仆京沪道上专为要人治病的名医了。

胡先生左手背上有一肉瘤隆起，医师劝他割除，他就在北平协和医院接受手术。他告诉我医师们动手术的时候，动用一切应有的设备，郑重其事的为他解除这一小患，那份慎重将事的态度使他感动。又有一次乘船到美国去开会，医师劝他先割掉盲肠再作海上旅行，以免途中万一遭遇病发而难以处治，他欣然接受了外科手术。

我没看见过胡先生请教中医或服中药，可是也不曾听他说过反对中医中药的话。

胡先生从来不在人背后说人的坏话，而且也不喜欢听人在他面前说另人的坏话。有一次他听了许多不相干的闲话之后，喟然而叹曰："来说是非者，便是是非人！"相反的，人有一善，胡先生辄津津乐道，真是口角春风。徐志摩给我的一封信里有"胡圣潘仙"一语，是因为胡先生向有"圣人"之称，潘光旦只有一条腿，可跻身八仙之列，并不完全是戏谑。

但是誉之所至，谤亦随之。胡先生到台湾来，不久就出现了《胡适与国运》匿名小册（后来匿名者显露了真姓名），胡先生夷然处之，不予理会。胡先生返台定居，本来是落叶归根之举，但也不是没有顾虑。首先台湾气候并不适宜。一九五七年十一月二十五日给陈之藩先生的信就说："请胸部大夫检查两次，X光照片都显示肺部有弱点（旧的、新的）。此君很不赞成我到台湾的'潮冷'又'潮热'的气候去久住。"但是一九五六年十一月十八日给赵元任夫妇的信早就说过："我现在的计划是要在台中或台北……为久居之计。不管别人欢迎不欢迎、讨厌不讨厌，我在台湾是要住下去的。（我也知道一定有人不欢迎我长住下去。）"可见胡先生决意来台定居，医生的意见也不能左右他，不欢迎他的人只好写写《胡适与国运》罢了。

一九六〇年七月十日胡先生在西雅图发表的一篇讲演，是很重要的文献，原文是英文的，同年七月廿一、廿二、廿三日，报纸上有中文译稿。在这篇讲演里，胡先生历述中国文化之演进的大纲，结论是："我相信人道主义及理性主义的中国传统，并未被毁灭，且在所有情形下不能被毁灭！"大声疾呼，为中国文化传统作狮子吼。在座的中美听众一致起立，欢呼鼓掌久久不停，情况是非常动人。事后有一位美国学者称道这篇演讲具有"邱吉尔作风"。我觉得像这样的言论才算得是宏扬中国文化。当晚，在旅舍中胡先生取出一封复印信给我看，是当地主人华盛顿大学校长欧第·嘉德先生特意复印给胡先生的。这封信是英文的，是中国人写的英文，起草的人是谁不问可知，是写给欧第·嘉德的，具名连署的人不下十余人之多，其中有"委员"，有"教授"，有男有女。信的主旨大概是说：胡适是中国文化的叛徒，不能代表中国文化，此番出席会议未经合法推选程序，不能具有代表资格，特予郑重否认云云。我看过之后交还了胡先生，问他怎样处理，胡先生微笑着说："不要理他！"我不禁想起《胡适与国运》。

胡先生在师大讲演中国文学的变迁，弹的还是他的老调。我给他录了音，音带藏师大文学院英语系。他在讲词中提到律诗及平剧，斥为"下流"。听众中喜爱律诗及平剧的人士大为惊愕，当时面面相觑，事后议论纷纷。我告诉他们这是胡先生数十年一贯的看法，可惊的是他几十年后一点也没有改变。中国律诗的艺术之美、平剧的韵味，都与胡先生始终无缘。八股、小脚、鸦片，是胡先生所最深恶痛绝的，我们可以理解。律诗与平剧似乎应该属于另一范畴。

胡先生对于禅宗的历史下过很多功夫，颇有心得，但是对于禅宗本身那一套奥义并无好感。有一次朋友宴会，饭后要大家题字，我偶然的写了"无门关"的一偈，胡先生看了很吃一惊，因此谈起禅宗。我提到日本铃木大拙所写的几部书，胡先生正色说："那是骗人的，你不可信他。"

忆周作人先生

周作人先生住北平西城八道湾，看这个地名就可以知道那是怎样的一个弯弯曲曲的小胡同。但是在这个陋巷里却住着一位高雅的与世无争的读书人。

我在清华读书的时候，代表清华文学社去见他，邀他到清华演讲。那个时代，一个年轻学生可以不经介绍径自拜访一位学者，并且邀他演讲，而且毫无报酬，好像不算是失礼的事。如今手续似乎更简便了，往往是一通电话便可以邀请一位素未谋面的人去讲演什么的。我当年就是这样冒冒失失的慕名拜访。转弯抹角的找到了周先生的寓所，是一所坐北朝南的两进的平房，正值雨后，前院积了一大汪子水。我被引进去，沿着南房檐下的石阶走进南屋。地上铺着凉席。屋里已有两人在谈话，一位是留了一撮小胡子的鲁迅先生，另一位年轻人是写小诗的何植三先生。鲁迅先生和我招呼之后就说："你是找我弟弟的，请里院坐吧。"

里院正房三间，两间是藏书用的，大概有十个八个木书架，都摆满了书，有竖立的西书，有平放的中文书，光线相当暗。左手一间是书房,很爽亮,有一张大书桌,桌上文房四宝陈列整齐,竟不像是一个人勤于写作的所在。靠墙一几两椅,算是待客的地方。上面原来挂着一个小小的横匾,"苦雨斋"三个字是沈尹默写的。斋名苦雨,显然和前院的积水有关,也许还有屋瓦漏水的情事,总之是十分恼人的事,可见主人的一种无奈的心情。(后来他改斋名为"苦茶庵"了。)俄而主人移步入,但见他一袭长衫,意态翛然,背微伛,目下视,面色灰白,短短的髭须满面,语声低沉到令人难以辨听的程度。一仆人送来两盏茶,日本式的小盖碗,七分满的淡淡的清茶。我道明来意,他用最简单的一句话接受了我们的邀请。于是我不必等端茶送客就告辞而退,他送我一直到大门口。

从北平城里到清华,路相当远,人力车要一个多小时,但是他准时来了。高等科礼堂有两三百人听他演讲,讲题是《日本的小诗》。他特别提出所谓俳句,那是日本的一种诗体,以十七个字为一首,一首分为三段,首五字,次七字,再五字,这是正格,也有不守十七字之限者。这种短诗比我们的五言绝句还要短。由于周先生语声过低,乡音太重,听众不易了解,讲演不算成功。幸而他有讲稿,随即发表。他所举的例句都非常有趣,我至今还记得的是一首松尾芭蕉的作品,好像是"听呀,青蛙跃入古潭的声音!"这样的一句,细味之颇有禅意。此种短诗对于试写新诗的人颇有影响,就和泰戈尔的散文诗一样,容易成为模拟的对象。

民国二十三年[①]我到了北京大学，和周先生有同事三年之雅。在此期间我们来往不多，一来彼此都忙，我住东城他住西城，相隔甚远，不过我也在苦雨斋做过好几次的座上客。我很敬重他，也很爱他的淡雅的风度。我当时主编一个周刊《自由评论》，他给过我几篇文稿，我很感谢他。他曾托我介绍，把他的一些存书卖给学校图书馆。我照办了。他也曾要我照拂他的儿子周丰一（在北大外文系日文组四年级），我当然也义不容辞。我在这里发表他的几封短札，文字简练，自有其独特的风格。

周先生晚节不终，宦事敌伪，以至于身系缧绁，名声扫地，是一件极为可惜的事。不过他所以出此下策，也有其远因近因可察。他有一封信给我，是在抗战前夕写的：

实秋先生：

　　手书敬悉。近来大有闲，却也不知怎的又甚忙，所以至今未能写出文章，甚歉。看看这"非常时"的四周空气，深感到无话可说，因为这（我的话或文章）是如此的不合宜的。日前曾想写一篇关于《求己录》的小文，但假如写出来了，恐怕看了赞成的只有一个——《求己录》的著者陶葆廉吧？等写出来可以用的文章时，即当送奉，匆匆不尽。

　　　　　　　　　　　　　　　　　作人启　七日夜

[①] 1934年。编者注。

/ 辑二 /
幸得诸君慰平生

关于《求己录》的文章虽然他没有写，我们却可想见他对《求己录》的推崇。按，《求己录》一册一函，光绪二十六年①杭州求是书院刊本，署芦泾遁士著，乃秀水陶葆廉之别号。陶葆廉是两广总督陶模（子方）之子，久佐父幕，与陈三立、谭嗣同、沈雁潭合称四公子。作人先生引陶葆廉为知己，同属于不合时宜之列。他也曾写信给我提到"和日和共的狂妄主张"。是他对于抗日战争早就有了他自己的一套看法。他平夙对于时局，和他哥哥鲁迅一样，一向抱有不满的态度。

作人先生有一位日籍妻子。我到苦茶庵去过几次，没有拜见过她，只是隔着窗子看见过一位披着和服的妇人走过，不知是不是她。一个人的妻子，如果她能勤俭持家、相夫教子而且是一个"温而正"的女人，她的丈夫一定要受到她的影响，一定爱她，一定爱屋及乌的爱与她有关的一切。周先生早年负笈东瀛，娶日女为妻，对于日本的许多方面的好的印象是可以理解的。我记得他写过一篇文章赞美日本式的那种纸壁、地板、蹲坑的厕所，真是匪夷所思。他有许多要好的日本朋友，更是意料中事，犹之鲁迅先生之与上海虹口的内山书店老板过从甚密。

抗战开始，周先生舍不得离开北平，也许是他自恃日人不会为难他。以我所知，他不是一个热衷仕进的人，也异于鲁迅之偏激孤愤。不过他表面上淡泊，内心里却是冷峭。他这种心情和他的身

---
① 1900 年。编者注。

世有关。一九八二年九月二十日《联合报·万象》版登了一篇《高阳谈鲁迅心头的烙痕》：

> 鲁迅早期的著作，如《呐喊》等，大多在描写他的那场"家难"，其中主角是他的祖父周福清，同治十年三甲第十五名进士，外放江西金溪知县。光绪四年因案被议，降级改为"教谕"。周福清不愿做清苦的教官，改捐了一个"内阁中书"，做了十几年的京官。
>
> 光绪十九年春天，周福清丁忧回绍兴原籍。这年因为下一年慈禧太后六旬万寿，举行癸巳恩科乡试；周福清受人之托，向浙江主考贿买关节，连他的儿子，也就是鲁迅的父亲周用吉在内，一共是六个人，关节用"宸衷茂育"字样；另外"虚写银票洋银一万元"，一起封入信封。投信的对象原是副主考周锡恩，那知他的仆人在苏州误投到正主考殷如璋的船上。殷如璋不知究竟，拆开一看，方知贿买关节。那时苏州府知府王仁堪在座，而殷如璋与周福清又是同年，为了避嫌疑起见，明知必是误投，亦不能不扣留来人，送官究办。周福清就这样吃上了官司。
>
> 科场舞弊，是件严重的事。但从地方到京城，都因为明年是太后六十万寿，不愿兴大狱，刑部多方开脱，将周福清从斩罪上量减一等，改为充军新疆。历久相沿的制度是，刑

部拟罪得重，由御笔改轻，表示"恩出自上"；但这一回令人大出意外，御着批示："周福清着改为斩监候，秋后处决。"

这一来，周家可就惨了。第二年太后万寿停刑，固可多活一年；但自光绪二十一年起，每年都要设法活动，将周福清的姓名列在"勾决"名册中"情实"一栏之外，才能免死。这笔花费是相当可观的。此外，周福清以"死囚"关在浙江臬司监狱中，如果希望获得较好的待遇，必须上下"打点"，非大把银子不可。周用吉的健康状况很差，不堪这样沉重的负担，很快的就去世了。鲁迅兄弟被寄养在亲戚家，每天在白眼中讨生活；十几岁的少年，由此而形成的人格，不是鲁迅的偏激负气，就是周作人的冷漠孤傲，是件不难想象的事。

鲁迅的心头烙痕也正是周作人先生的心头烙痕，再加上抗战开始后北平爱国志士那一次的枪击，作人先生无法按捺他的激愤，遂失足成千古恨了。在后来国军撤离南京的前夕，蒋梦麟先生等还到监牢去探视过他，可见他虽然是罪有应得，但是他的老朋友们还是对他有相当的眷念。

一九七一年五月九日，南宫搏先生一文《于〈知堂回想录〉而回想》，有这样的一段：

> 我曾写过一篇题为《先生，学生不伪！》……①

南宫搏先生的话自有他的一面的道理，不过周作人先生无论如何不是"做做小事而谋生"，所以我们对于他的晚节不终只有惋惜，而且无法辩解。

---

① 此处引文有删减。编者注。

回首旧游
——纪念徐志摩逝世五十周年

志摩于民国二十年[①]十一月十九日搭乘中国航空公司济南号飞机由南京北上赴平，飞机是一架马力三百五十匹的小飞机，装载邮件四十余磅，乘客仅志摩一人，飞到离济南五十里的党家庄附近，忽遇漫天大雾，触开山山头，滚落山脚之下起火，志摩因而遇难。到今天恰好是五十周年。

志摩家在上海，教书在北京大学，原是胡适之先生的好意安排，要他离开那不愉快的上海的环境，恰巧保君健先生送他一张免费的机票，于是仆仆于平沪之间，而志摩苦矣。死事之惨，文艺界损失之大，使我至今感到无比的震撼。五十年如弹指间，志摩的声音笑貌依然如在目前，然而只是心头的一个影子，其人不可复见。他享年仅三十六岁。天实为之，谓之何哉！

志摩遗骸葬于其故乡硖石东山万石窝。硖石是沪杭线上的一个繁庶的小城，我没有去凭吊过。陈从周先生编徐志摩年谱，附志

---
① 1931年。编者注。

摩的坟墓照片一帧,坟前有石碑,碑文曰:"中华民国三十五年仲冬　诗人徐志摩之墓　张宗祥题"显然是志摩故后十余年所建。张宗祥是志摩同乡,字声闻,曾任浙省教育厅长。几个字写得不俗。丧乱以来,于浩劫之中墓地是否成为长林丰草,或是一片瓦砾,我就不得而知了。

志摩的作品有一部分在台湾有人翻印,割裂缺漏之处甚多,应该有人慎重的为他编印全集。一九五九年我曾和胡适之先生言及,应该由他主持编辑,因为他和志摩交情最深。适之先生因故推托。一九六七年张幼仪女士来,我和蒋复璁先生遂重提此事,蒋先生是志摩表弟,对于此事十分热心,幼仪女士也愿意从旁协助,函告其子徐积锴先生在美国搜集资料。一九六八年全集资料大致齐全。传记文学社刘绍唐先生毅然以刊印全集为己任,并聘历史学者陶英惠先生负校勘之责,而我亦乘机审阅全稿一遍。一九六九年全集出版,一九七○年再版。总算对于老友尽了一点心力,私心窃慰。梁锡华先生时在英伦,搜求志摩的资料,巨细靡遗,于拙编全集之外复得资料不少,吉光片羽,弥足珍贵,成一巨帙《徐志摩诗文补遗》(时报文化公司出版),又著有《徐志摩新传》一书(联经出版),对于徐志摩的研究厥功甚伟,当代研究徐志摩者当推梁锡华先生为巨擘,亦志摩逝世后五十年来第一新得知己也。

研究徐志摩者,于其诗文著作之外往往艳谈其离婚结婚之事。其中不免捕风捉影传闻失实之处。我以为婚姻乃个人私事,不宜过分渲染以为谈助。这倒不是完全"为贤者讳"的意思,而是事未易明理未易察,男女之间的关系谲秘复杂,非局外人易晓。刘心皇先生写过一本书《徐志摩与陆小曼》,态度很严正,资料也很翔实,但是我仍在该书的短序之中提出一点粗浅的意见:

> 徐志摩值得令我们怀念的应该是他的那一堆作品,而不是他的婚姻变故或风流韵事。……徐志摩的婚姻前前后后颇多曲折,其中有些情节一般人固然毫无所知,他的较近的亲友们即有所闻亦讳莫如深,不欲多所透露。这也是合于我们中国人"隐恶扬善"和不揭发阴私的道德观念的。所以凡是有关别人的婚姻纠纷,局外人最好是不要遽下论断,因为参考资料不足之故。而徐志摩的婚变,性质甚不平常,我们尤宜采取悬疑的态度。

志摩的谈吐风度,在侪辈中可以说是鹤立鸡群。师长辈如梁启超先生、林长民先生把他当做朋友,忘年之交。和他同辈的如胡适之先生、陈通伯先生更是相交莫逆。比他晚一辈的很多人受他的奖掖,乐与之游。什么人都可做他的朋友,没有人不喜欢他。他办报纸副刊,办月刊,特立独行,缁而不涅,偶然受到明枪暗箭的侵袭,他也抱定犯而不校的态度,从未陷入混战的旋涡,只此一端即属难能可贵。尖酸刻薄的人亦奈何他不得。我曾和他下过围棋,落子飞快，但是隐隐然颇有章法，下了三、五十着我感觉到他的压力，他立即推枰而起，拱手一笑，略不计较胜负。他就是这样的一个潇洒的人。他饮酒，酒量不洪，适可而止；他豁拳，出手敏捷，而不呲呲逼人。他偶尔也打麻将，出牌不假思索，挥洒自如，谈笑自若。他喜欢戏谑，从不出口伤人。他饮宴应酬，从不冷落任谁一个。他也偶涉花丛，但是心中无妓。他也进过轮盘赌局，但是从不长久坐定下注。志摩长我六岁，同游之日浅，相交不算深，以我所知，像他这样的一个，当世无双。

今天是他五十周年忌日，回首旧游，不胜感慨。谨缀数言，聊当斗酒只鸡之献。

陆小曼的山水长卷

最近看到陈从周先生的一篇文章——《含泪中的微笑——记陆小曼画山水长卷》。陈先生和徐志摩有姻娅关系，有关志摩与小曼的事情他知道得最多。陈先生这篇文章，含有我们前所未知的资料，弥足珍贵。谨先就陈先生所提供的资料择要抄述于后。

陆小曼是常州人，生于一九〇三年农历九月十九日，卒于一九六五年四月三日，享年六十三岁。她临终时把三件东西交付给陈从周先生，一是《徐志摩全集》的一份样本，一箱纸版；二是梁启超为徐写的一副长联；三是她自己画的山水长卷。陈先生把全集送给了北京图书馆，梁联及画卷交给浙江博物馆，总算保存了下来。可惜的是全集纸版归还了徐家，在所谓"文化大革命"期间于抄家中失去了。

山水长卷是小曼的早期作品，结婚后在上海拜贺天健为师学画，陈先生许为"秀润天成"。此画作于一九三一年春，时小曼二十九岁。这长卷由志摩于夏间携去北京，托邓以蛰（叔存）先生为之装裱。

装成，邓有跋语说明。胡适之先生在下面题了一首诗，诗曰：

　　　　　　画山要看山，画马要看马。
　　　　　　闭门造云岚，终算不得画。
　　　　　　小曼聪明人，莫走这条路。
　　　　　　拼得死工夫，自成真意趣。

　　小曼学画不久，就作这山水大幅，功力可不小！我是不懂画的，但我对于这一道有一点很固执的意见，写成韵语，博小曼一笑。

　　　　　　　　　　　　　适之　二十、七、八、北京

　　陈先生说，胡适这一个观点是以前没有发表过的。杨铨（杏佛）先生题了一首唱反调的诗：

　　　　　手底忽现桃花源，胸中自有云梦泽，
　　　　　造化游戏成溪山，莫将耳目为桎梏。

　　小曼作画，适之讥其闭门造车，不知天下事物，皆出意匠，过信经验，必为造化小儿所笑也。质之适之、小曼、志摩以为如何？

　　　　　　　　　　　　　二十年七月二十五日杨铨

/ 辑二 /
幸得诸君慰平生

小曼的老师贺天健后来也题了一首诗:

> 东坡论画鄙形似,懒瓒云山写意多;
> 摘得骊龙颔下物,何须粉本拓山阿。

梁鼎铭先生也有一段题识,他说:

> ……只是要有我自己,虽然不像山,不像马,确有我自己在里头就得了。适之说,小曼聪明人,我也如此说,她一定能知道的。适之先生以为如何?……

较长的题跋是陈蝶野先生的,他说:

> ……今年春予居湖上,三月归,访小曼,出示一卷,居然崇山叠岭,云烟之气缭绕楮墨间,予不知小曼何自得此造诣也。志摩携此卷北上,归而重展,居然题跋名家缀满纸尾。小曼天性聪明,其作画纯任自然,自有其价值,固无待于名家之赞扬而后显。但小曼决不可以此自满。为学无止境,又不独为画然也。
>
> 蝶野

这一幅山水长卷,徐志摩随带在身,一九三一年夏,预备到北京再请人加题,不料坠机而亡,但是这幅画却未毁掉,小曼一直保存到死。陈从周先生在题记中说:"历劫之物,良足念也。"如果不是他把这幅画送交浙江博物馆,恐此画早已被劫。

以上是抄述陈先生的大文。兹略述感想。

陆小曼是聪明人,大家所公认。她一向被人视为仅仅交际场中的一个名人,这是不公道的,她有她较为高尚的一面。沉溺在鸦片烟的毒雾里,因而过了一段堕落糜烂的生活,这也是事实。胡适之先生曾对朋友们说:"志摩如果再在上海住下去,他会被毁了的。"所以他把他请到北京去教书。但是志摩没有对小曼绝望,他还是鼓励她向上。看这幅山水长卷,就是在堕落糜烂期间完成的。她并不自甘于堕落。听说以后她戒绝了鸦片,在绘画方面颇为用功,证之陈从周先生所说"她画的山水,秀润天成,到晚年则渐入苍茫之境",更足以令我们相信她已脱胎换骨,有了完全不同的风貌。

小曼在二十九岁,学画不久,就能画出这样的一幅山水长卷,难怪胡适之先生要说"功力可不小"!言外之意可能是不信她有此功力。这张画我没见过,就我所见的陈先生大文附刊的图片而论,虽然模糊不清,但也可以看出布局的大概。在用笔用墨方面还看不出造诣的深浅,大概是走的纤细工整的路子。一般人学画都是从临摹入手，即使没有机会临摹古人的真迹，往往也有粉本可资依据。小曼此画是否完全自出机杼，我们不能臆断。

撇开陆小曼的画不论，胡适之先生的题诗及其引起的反调，倒是颇有趣味的一个论题。胡先生是一贯的实验主义者，涉及文艺方面他就倾向于写实。所以他说："画山要看山，画马要看马。"有物在眼前，画起来才不走样。这话不是没有道理。尤其是对于初学画者，须先求其形似，然后才能摆脱形迹挥洒自如。西洋画就是这样，初学者就是要下死功夫白描石膏。即使功夫已深，画人物一大部分仍然要有模特儿。其实我们中国画家也不是不知道这一番道理。赵子昂画马不是自己也趴在地上揣摩马的各种姿态么？中国的山水画家哪一个不是喜欢遨游天下名山大川？我从前胆大妄为，曾摹画过一张《蜀山图》，照猫画虎，不相信天下真有那样的重峦叠嶂峰回路转的风景，后来到了四川，登剑门，走栈道，才知道古人山水画皆有所本，艺术模仿自然，诚然不虚。甚至看了某些风景居然入画，所谓"天开图画即江山"，省悟到"自然模仿艺术"之说亦非妄作。大抵画家到了某一境界，胸中自有丘壑，一山一水一石一木，未必实有其境，然皆不背于理，此之谓创作。

忆沈从文

一九六八年六月九日报纸上方块文章记载着："以写作手法新颖，自成一格……的作者沈从文，不久以前……终于带着不屈服的灵魂而死去了。"

接着又说："他出身行伍，而以文章闻名；自称小兵，而面目姣好如女子，说话、态度尔雅、温文……""他写得一手娟秀的《灵飞经》……"这几句话描写得确切而生动，使我想起沈从文其人。

我现在先发表他一封信，大概是民国十九年[①]间他在上海时候写给我的。信的内容没有什么可注意的，但是几个字写得很挺拔而俏丽。他最初以"休芸芸"的笔名向《晨报副镌》投稿时，用细尖钢笔写的稿子就非常的出色，徐志摩因此到处揄扬他。后来他写《阿丽丝中国游记》分期刊登《新月》，我才有机会看到他的笔迹，果然是秀劲不凡。

从文虽然笔下洋洋洒洒，却不健谈，见了人总是低着头羞答答的，说话也是细声细气。关于他"出身行伍"的事，他从不多谈。

---

① 1930 年。编者注。

他在十九年三月写过一篇《从文自序》，关于此点有清楚的交代。他说：

> 因为生长地方为清时屯戍重镇，绿营制度到近年尚依然存在，故于过去祖父曾入军籍，做过一次镇守使，现在兄弟及父亲皆仍在军籍中做中级军官。因地方极其偏僻，与苗民杂处聚居，教育文化皆极低落，故长于其环境中的我，幼小时显出生命的那一面，是放荡与诡诈。十二岁我曾受过关于军事的基本训练，十五岁时随军外出，曾做上士。后到沅州，为一城区屠宰收税员，不久又以书记名义，随某剿匪部队在川、湘、鄂、黔四省边上过放纵、野蛮约三年。因身体衰弱，年龄渐长，从各样生活中养成了默想与体会人生趣味的习惯，对于过去生活有所怀疑，渐觉有努力位置自己在一陌生事业上之必要。因这憧憬的要求，胡胡涂涂的到了北京。

这便是他早年从军经过的自白。

由于徐志摩的吹嘘，胡适之先生请他到中国公学教国文，这是一件极不寻常的事，因为一个没有正常的适当的学历、资历的青年而能被人赏识于牝牡骊黄之外，是很不容易的。从文初登讲坛，怯场是意中事。据他自己说，上课之前作了充分准备，以为资料足供一小时使用而有余，不料面对黑压压一片人头，三言两语的就把要说的话都说完了，剩下许多时间非得临时编造不可，否则就要冷场，这使他颇为受窘。一位教师不善言词，不算是太大的短处，但若是没有足够的学识，便难获得大家的敬服。因此之故，从文虽然不是顶会说话的人，仍不失为成功的受欢迎的教师。记问之学不足以为人师，需要有启发别人的力量才不愧为人师。在这一点上从文有他独到之处，因为他有丰富的人生经验和好学深思的性格。

在中国公学一段时间，他最大的收获大概是他的婚姻问题的解决。英语系的女生张兆和女士是一个聪明用功而且秉性端庄的小姐，她的家世很好，多才多艺的张充和女士便是她的胞姊。从文因授课的关系认识了她，而且一见钟情。凡是沉默寡言笑的人，一旦堕入情网，时常是一往情深，一发而不可收拾。从文尽管颠倒，但是没有得到对方青睐。他有一次急得想要跳楼。他本有流鼻血的毛病，几番挫折之后，苍白的面孔愈发苍白了。他会写信，以纸笔代喉舌。张小姐实在被缠不过，而且师生恋爱声张开来也是令人很窘的，于是有一天，她带着一大包从文写给她的信去谒见胡校长，请他作主制止这一扰人举动的发展。她指出了信中这样的一句话："我不仅爱你的灵魂，我也要你的肉体。"她认为这是侮辱。胡先生皱着眉头，扳着面孔，细心听她陈述，然后绽出一丝笑容，温和的对她说："我劝你嫁给他。"张女士吃一惊，但是禁不住胡先生诚恳的解说，居然急转直下默不做声的去了。胡先生曾自诩善于为人作伐，从文的婚事得谐便是他常常乐道的一例。

/ 辑二 /
幸得诸君慰平生

在青岛大学，从文教国文，大约一年多就随杨振声（今甫）先生离开青岛到北平居住。今甫到了夏季就搬到颐和园赁屋消暑，和他做伴的是一位干女儿，自称过的是帝王生活，优哉游哉的享受那园中的风光湖色。此时从文给今甫做帮手，编中学国文教科书，所以也常常在颐和园出出进进。书编得很精彩，偏重于趣味。可惜不久抗战军兴，书甫编竣，已不合时代需要，故从未印行。

从文一方面很有修养，一方面也很孤僻，不失为一个特立独行之士。他的作品有四十几种，可谓多产，文笔略带欧化语气，大约是受了阅读翻译文学作品的影响。

此文写过，又不敢相信报纸的消息，故未发表。读聂华苓女士作《沈从文评传》（英文本，一九七二年纽约 Twayne Publishers[①]出版），果然好像从文尚在人间。人的生死可以随便传来传去，真是人间何世！

一九七三年六月二十日西雅图

[①] 特怀恩出版社。编者注。

闻一多在珂泉

闻一多在一九二二年出国，往芝加哥美术学院学习绘画。对于到外国去，闻一多并不怎样热心。那时候，他是以诗人和艺术家自居的，而且他崇拜的是唯美主义。他觉得美国的物质文明尽管发达，那里的生活未必能适合他的要求。对于本国的文学艺术，他一向有极浓厚的兴趣。他对我说过，他根本不想到美国去，不过既有这么一个机会，走一趟也好。

一多在船上写了一封信来，他说：

> 我在这海上飘浮的六国饭店里笼着，物质的供奉奢华极了……但是我的精神乃在莫大的压力之下。我初以为渡海的生涯定是很沉寂、幽雅、辽阔的；我在未上船以前，时时想着汉口某客栈看见的一幅八仙渡海底画，又时时想着郭沫若君底这节诗——
>
> 无边天海呀！
> 一个水银的浮沤！

/ 辑二 /
幸得诸君慰平生

  上有星汉湛波,
  下有融晶泛流,
  正是有生之伦睡眠时候。
  我独披着件白孔雀的羽衣,
  遥遥的,遥遥的,
  在一只象牙舟上翘首。

  但是既上船后,大失所望。城市生活不但是陆地的,水上也有城市生活。我在烦闷时愈加渴念我在清华的朋友。这里竟连一个能与谈话的人都找不着。他们不但不能同你讲话,并且闹得你起坐不宁。走到这里是"麻雀",走到那里又是"五百";散步他拦着你的道路,静坐他扰乱你的思想。我的诗兴被他们戕害到几乎等于零;到了日本海峡及神户之布引泷等胜地,我竟没有半句诗底赞叹讴歌。不是到了胜地一定得作诗,但是胜地若不能引起诗兴,商店工厂还能吗?……

  他到了美国之后,八月十四日自芝加哥写的一封信,首尾是这样的:

  在清华时,实秋同我谈话,常愁到了美国有一天被碾死在汽车轮下。我现在很欢喜的告诉他,我还能写信证明。现在我还没有被碾死。但是将来死不死我可不敢担保。

> ……
> 啊！我到芝加哥才一个星期，我已厌恶这生活了！

他虽厌恶芝加哥的烦嚣，但他对美国的文化却很震惊，他在这第一封信里就说：

> 美国人审美底程度是比我们高多了。讲到这里令我疑问了。何以机械与艺术两个绝不相容的东西能够同时发展到这种地步呢？

一多在芝加哥的生活相当无聊，学画画是些石膏素描，顶多画个人体，油画还谈不上。图画最要紧的是这一段苦功，但是这与一多的个性不能适合。他在九月十九日来信说：

实秋：

> 阴雨终朝，清愁如织；忽忆放翁"欲知白日飞升法，尽在焚香听雨中"之句，即起焚香，冀以"雅"化此闷雨。不料雨听无声，香焚不燃，未免大扫兴会也。灵感久渴，昨晚忽于枕上有得，难穷落月之思，倘荷骊珠之报？近复细续昌黎，得笔记累楮盈寸，以为异日归国躬耕砚田之资本耳。草此。借候文安。

/ 辑二 /
幸得诸君慰平生

可见他对于中国文学未能忘情。他于翌年二月十五日来信说：

> 我不应该做一个西方的画家，无论我有多少的天才！我现在学西方的绘画是为将来做一个美术批评家。我若有所创作，定不在纯粹的西画里。但是我最希望的是做一个艺术的宣道者，不是艺术的创造者。

可见他对于绘画之终于不能专心，是早已有了预感。又因为青春时期只身远游，感触亦多，他不能安心在芝加哥再住下去。他于五月二十九日来信说：

> 芝加哥我也不想久居。本想到波斯顿，今日接到你的信，忽又想起陪你上Colorado（科罗拉多）住个一年半载，也不错。你不反对罢？

我想他既要学画，当然应该在芝加哥熬下去。虽然我也很希望他能来珂泉和我一起读书，但是我并不愿妨碍他的图画的学习。所以我并不鼓励他到珂泉来。

我在一九二三年秋到了珂泉（Colorado Springs），这是一座西部的小城，有一个大学在此地，在一些西部小规模的大学里，这算是比较好的一个。这里的风景可太好了，因为这城市就在落基山下，紧靠在那终年积雪的派克斯峰的脚下，到处是风景区。我到了这里之后，买了十二张风景片寄给一多，我的意思只是报告他我已到了此地，并且用这里的风景片挠他一下。没想到，没过一个星期的工夫，一多提着一只小箱子来了。

一多来到珂泉，是他抛弃绘画专攻文学的一个关键。

科罗拉多大学有美术系，一多是这系里惟一的中国人。系主任利明斯女士，姊妹两个都是老处女，一个教画，一个教理论。美国西部人士对于中国学生常有好感，一多的天才和性格都使他立刻得到了利明斯女士的赏识。我记得利明斯有一次对我说："密斯脱闻真是少有的艺术家，他的作品先不论，他这个人就是一件艺术品，你看他脸上的纹路，嘴角上的笑，有极完美的节奏！"一多的脸是有些线条，显然节奏我不大懂。一多在这里开始画，不再画素描，却画油彩了。他的头发养的很长，披散在头后，黑领结，那一件画室披衣，东一块红，西一块绿，水渍油痕到处皆是，揩鼻涕、抹桌子、擦手、御雨，全是它。一个十足的画家！

我们起先在一个人家里各租一间房。房东是报馆排字工人，昼伏夜出，我们过了好几个月才知道他的存在。房东太太和三个女儿天天和我们一桌上吃饭。这一家人待我们很好，但都是庸俗的人。更庸俗的是楼上另外两个女房客，其中一个是来此养病的纽约电话接线生，异性的朋友很多，里面有一位还是我们中国学生，几乎每晚拿着一只吹奏喇叭来奏乐高歌，有时候还要跳舞。于是我们

/ 辑二 /
幸得诸君慰平生

搬家。为了省钱,搬到学校宿舍海格曼楼。这是一座红石建的破败不堪的楼房,像是一座堡垒。吃饭却成了问题。有时候烧火酒炉子煮点咖啡或清茶,买些面包,便可充饥。后来胆子渐渐大了,居然也可炒木樨肉之类。有一次一多把火酒炉打翻,几乎烧着了窗帘,他慌忙中燃了头发、眉毛,烫了手。又有一次自己煮饺子,被人发现,管理员来干涉了,但见我们请他吃了一碗之后,他不说话了,直说好吃。他准许我们烧东西吃,但规模不可太大。

一多和我的数学根底原来很坏,大学一定要我们补修,否则不能毕业。我补修了,一多却坚持不可。他说不毕业没有关系,却不能学自己所不愿学的课程。我所选的课程有一门是"近代诗",一共讲二十几个诗人的代表作品。还有一门是"丁尼孙与伯朗宁"。一多和我一同上课。他在这两门课程里得到很大的益处。教授戴勒耳先生是很称职的,他的讲解很精湛。一多的《死水》,在技术方面很得力于这时候的学习。在节奏方面,一多很欣赏吉伯林,受他的影响不小。在情趣方面,他又沾染了哈代与霍斯曼的风味。我和一多在这两门功课上感到极大兴趣,上课听讲,下课自己阅读讨论。一多对于西洋文学的造诣,当然不止于此,但正式的有系统的学习是在此时打下一些根基。

我们在学校里是被人注意的,至少我们的黄色的脸便令人觉得奇怪。有一天,学生赠的周刊发现了一首诗,题目是 The Sphinx(斯芬克斯),作者说我们中国人的脸沉默而神秘,像埃及人首狮身的怪物,他要我们回答他,我们是在想些什么。这诗并无恶意,但是我们要回答。我和一多各写了一首小诗登在周刊上。这虽是学生时代的作品,但是一多这一首写得不坏,全校师生以后都对我们另眼看待了。一多的诗如下:

ANOTHER "CHINEE" ANSWERING[①]

My face is Sphinx-like,

It puzzles you, you say,

You wish that my lips were articulate,

You demand my answer.

But what if my words are riddles to you?

You who would not sit down

To empty a cup of tea with me,

With slow, graceful, intermittent sips,

Who would not set your thoughts afloat

On the reeling vapors

Of a brimming tea-cup, placid and clear

You who are so busy and impatient

Will not discover my meaning.

---

① 此处引文有删减。编者注。

Even my words might be riddles to you,

So I choose to be silent.

But you hailed to me,

I love your child-like voice,

Innocent and half-bashful,

We shall be friends.

Still I choose to be silent before you.

…………

另一个"中国人"的回答[①]

我的面庞像斯芬克斯,

你说它让你感到困惑,

你让我清晰地阐明,

你要求我回答。

但如果我的话对你来说像谜一样你又将如何?

你不愿坐下

和我一起慢慢品茶,

缓缓地、优雅地、断断续续地啜饮,

[①] 此处译文为编者注。

> 你不愿让你的思绪漂浮在
> 　　水汽蒸腾飘卷的
> 　盈满的、宁静的和干净的茶杯上
> 　你是如此的忙碌和不耐烦
> 　以至于发现不了我的意思。
>
> 即使我的话对你来说可能是个谜语，
> 　　所以我保持沉默。
>
> 　但你向我招手，
> 　我喜爱你那孩童般的声音，
> 　　纯真而略带羞涩，
> 　　我们将成为朋友。
> 然而，我选择在你面前保持沉默。
> …………

一多画画一直没有停，有一天利明斯教授告诉他纽约就要举行一年一度的画展，选择是很严的，劝他参加。一多和我商量，我也怂恿他加入竞赛。一多无论做什么事，不作便罢，一做便忘寝废食。足足有一个多月，他锁起房门，埋头苦干，就是吃饭也是一个人抽空溜出去，如中疯魔一般的画。大致画完了才准我到他屋里去品评。有一幅人物，画的是一个美国侦探，非常有神。还缺少一张风景画。我建议由我开车送他到山上去写生。他同意了。

一清早，我赁到一辆车，带着画具、食品，兴高采烈的上山了。这是我学会开车后的第三天第一次上山，结果如何是可想见的。先到了"仙园"，高大的红石笋矗立着，那风景不是秀丽，也不是雄伟，是诡怪。我们向着曼尼图公园驶去，越走越高，忽然走错了路，走进了一条死路，尽头处是巉岩的绝崖，路是土路，有很深的辙，只好向后退。两旁是幽深的山涧，我退车的时候手有些发抖。訇的一声，车出了辙，斜岔着往山涧里溜下去了。只听得耳边风忽忽的响，我已经无法控制，一多大叫。忽然"咯喳"一声车停了，原来是车被两棵松树给夹住了。我们往下看，乱石飞泉，令人心悸。车无法脱险，因为坡太陡。于是我们爬上山，老远看见一缕炊烟，跑过去一看，果然有人，但是，他说西班牙语，戴着宽边大帽，腰上挂圈绳。勉强做手势达意之后，这西班牙人随着我们去查看，他笑了。他解下腰间的绳子，一端系在车上，一端系在山上一棵大树上。我上车开足马力，向上走一尺，他和一多就掣着绳子拉一尺，一尺一尺的车上了大路，西班牙人和我们点点头就走了，但是我再不敢放胆开车，一多的画兴也没有了，我们无精打采的回去了。

风景何必远处求？学校宿舍旁边就很好。正值雪后，一多就临窗画了一幅雪景，他新学了印象派画法，用碎点，用各种颜色代替阴影。这一幅画很精彩。

一共画了十几幅,都配了框,装箱,寄往纽约。在这时候,一多给我画了张像,他立意要画出我的个性,也要表示他手底的腕力,他不用传统的画法,他用粗壮的笔调大勾大抹,嘴角撇得像瓢似的,表示愤世疾俗的意味,头发是葱绿色,像公鸡尾巴似的竖立着,这不知是表现什么。这幅像使他很快意。我带回国,家里孩子们看着害怕,后来就不知怎样丢掉了。

纽约的回信来了,只有美国侦探那幅画像得了一颗银星,算是"荣誉的提名",其他均未入选。这打击对于一多是严重的。以我所知,一多本不想做画家,但抛弃绘画的决心是自此时始。他对我讲过,中国人画西洋画,很难得与西方人争一日之短长。因为我们的修养、背景、性格全受了限制。实在是的,我们中国人习西洋画的,成功者极少,比较成功的往往后来都改画中国画了。其实这不仅于绘画为然,即以文学而论,学习西洋文学的人不也是很多人终于感到彷徨而改走中国文学的道路吗?所以一多之完全抛弃西画,虽然是由于这一次的挫折,其实以他那样的性格与兴趣,即使不受挫折,我相信他也会改弦易辙的,不过是时间的早晚而已。

我和一多在珂泉整整住了一年。暑假过后,我到波斯顿去,他到纽约去。临别时我送了他一只珐琅的香炉,他送了我一部霍斯曼的诗集。

悼念朱湘先生

偶于报端得知朱湘先生死耗,但尚不知其详。文坛又弱一个,这是很令人难过的。我和朱先生幼年同学,近年来并无交往,然于友辈处亦当得知其消息,故于朱先生平素为人及其造诣,亦可以说略知一二。朱先生读书之勤、用力之专是很少见的,可惜的是他的神经从很早的时候就有很重的变态的现象。这由于早年家庭环境不良,抑是由于遗传,我可不知道。他的精神变态,愈演愈烈,以至于投江自尽,真是极悲惨的事。关于他的身世、遭遇,理解最深者,在朋友中无过于闻一多、饶子离二位。我想他们一定会写一点文字,纪念这位亡友的。

在上海《申报·自由谈》(十二月十七日、十九日)有两篇追悼朱湘先生的文章,略谓:他的死,可说完全是受社会的逼迫。固然,他的性情不免孤僻,这是他的一般朋友所共知,不过生活的不安、社会对他的漠视,即是他自杀的近因。他不知道现在社会,只认得金钱,只认得势利,只认得权力,天才的诗人、贫苦的文士,在它的眼下!朱湘先生他既不会蝇营狗苟,亦不懂得争权夺利,所以在这黑暗的社会中,只得牺牲一生了。我恐怕现在在社会的压迫下,度着困苦的生活,同他一样境遇的,还不知道有多少呢!

> 朱湘先生之自杀,正是现代社会黑暗的反映,也正是现代社会不能尊重文人的表现。(余文伟)

> 这件事报纸上面好像没有什么记载,其实是很值得注意的,因为他的意义并不限于朱湘一个人。这位诗人的性情据说非常孤傲,自视很高。据他想象,他这样一个诗人,虽然不能像外国的桂冠诗人一样,有什么封号;起码也应该使他生活得舒服一点,使他有心情写诗。可是这个混乱的中国社会,不但不给他舒服的生活,而且简直不给他生活,这样冷酷他自然是感到的。他不能认识社会、了解社会,既不承认能够纵容他,把他像花草一样培养起来的某种环境已经崩溃,更不相信那个光明灿烂的时期真会实现,所以他只看到一片深沉的黑暗。这种饮命的期望,使他没有生活下去的勇气,使他不得不用自杀来解决内心的苦闷。

> 朱湘已经死了,跟他选上这条死路的,恐怕在这大批彷徨践路的智识群中,还有不少候补者罢。(何家槐)

这两位作者认定朱先生之自杀"完全是受社会的逼迫",这

/辑二/
幸得诸君慰平生

个混乱的中国社会,"简直不给他生活"。对于死人,照例是应该说好话的。对于像朱先生这样有成绩的文人之死,自然格外的值得同情。不过,余、何两位的文章,似乎太动了情感,一般不识朱先生的人,读了将起一种不十分正确的印象,就以为朱先生之死,一古脑儿的由"社会"负责。

中国社会之"混乱"自然是一件事实,在这社会中而要求"生活的舒服一点"的确是不容易;不过以朱湘先生这一个来说,我觉得他的死应由他自己的神经错乱负大部分责任,社会之"冷酷"负小部分责任。我想凡认识朱先生的将同意于我这判断。朱先生以"留学生""大学教授"的资格和他的实学而要求"生活的舒服一点"不是不可能的,不幸朱先生的脾气似乎太孤高了一点,不客气的说,太怪僻了一点,所以和社会不能调谐。若说"社会"偏偏要和文人作对,偏偏不给他生活,偏偏要逼他死,则我以为社会的"冷酷",尚不至于"冷酷"至此!

文人有一种毛病,即以为社会的待遇太菲薄,总以为我能作诗,我能写小说,我能作批评,而何以社会不使我生活得舒服一点。其实文人也不过是人群中之一部分,凭什么他应该要求生活的舒适?他不反躬问问自己究竟贡献了多少?譬如郁达夫先生一类的文人,报酬并不太薄,终日花天酒地,过的是中级的颓废生活,而提起笔来辄拈酸叫苦,一似遭了社会的最不公的待遇,不得已才沦落似的。这是最令人看不起的地方。朱湘先生并不是这样的

149

人，他的人品是清高的，他一方面不同污合流的摄取社会的荣利，他另一方面也不嚷穷叫苦取媚读者。当今的文人，最擅长的是"以贫骄人"，好像他的穷即是他的过人的长处，此真无赖之至！若以为朱先生之死完全由于社会的逼迫，岂非厚诬死者？

本来靠卖文为生是很苦的，不独于中国为然。在外国，因为读书识字的人多，所以出版事业是赢利的大商业，因之文人的报酬亦较优厚。然试思十八世纪之前，又几曾听说有以卖文为生的文学家？大约除了家中富有或蒙贵人赏拔的人才能专门从事著述。从近代眼光看来，受贵人赏拔是件可耻的事。在我们中国，文人一向是清苦的，在如今凋敝的社会里自然是更要艰窘。据何家槐君所说：

> 他的文章近几年来发表得很少，而且诗是卖不起钱的，要想靠这个维持生活真是梦想。听说有家杂志要他的诗稿，因他要求四元一行，那位素爱揩油的编辑就很生气的拒绝刊登。

我所怪的不是编辑先生之"拒绝刊登"，而是朱先生的"要求四元一行"，当然那位编辑先生之"很生气"是大可不必的。文学只好当做副业，并且当做副业之后对于文学并无妨。有些诗人以为能写十行八行诗之后便自命不凡的以为其他职业尽是庸俗，这实在是误解。我们看古往今来的多少文学家，有几人以文学为职业？当今有不少的青年，对于文学富有嗜好，而于为人处世之道遂不讲求,这不是健康的现象。我于哀悼朱湘先生之余,不禁得想起了这些话说。

朱先生之死是否完全由于社会逼迫,抑是还有其它错综的情形,尚有待于事实的说明。知其是精神错乱,他自己当然也很难负责,只能归之于命运。不过精神并未错乱的文人们,应该知道自爱,应该有健康的意志、理性和毅力来面对这混乱的社会罢?

还有一点,写诗是和许多别种工作一样,并不见得一定要以"生活舒服一点"为先决条件的。饿了肚子当然是不好工作的,"穷而后工"也不过是一句解嘲的话;然而,若谓"生活得舒服一点"以后才能"有心情写诗",这种理论我是不同意的。现下的诗人往往写下四行八行的短诗,便在后面缀上"于莱茵河边""于西子湖畔",这真令人作呕!诗是在什么地方都可以写的,不必一定要到风景美的地方去;诗在什么时候都可以写的,不必一定要在"舒服"的时候。所谓"有心情写诗",那"心情"不是视"舒服"与否而存减的。诗人并没有理由特别的要求生活舒适。社会对诗人特别的推崇与供养,自然是很好的事,可是在诗人那方面,并不该怨天尤人的要求供养。要做诗人应先做人。这并非是对朱湘先生的微辞。朱湘先生之志行高洁是值得我们尊敬的,他的自杀是值得我们哀悼的。不过生活着的文人们若是借着朱先生之死而发牢骚,那是不值得同情的。

忆老舍

我最初读老舍的《赵子曰》《老张的哲学》《二马》，未识其人，只觉得他以纯粹的北平土语写小说颇为别致。北平土语，像其他主要地区的土语一样，内容很丰富，有的是俏皮话儿、歇后语、精到出色的明喻暗譬，还有许多有声无字的词字。如果运用得当，北平土话可说是非常的生动有趣；如果使用起来不加检点，当然也可能变成为油腔滑调的"耍贫嘴"。以土话入小说本是小说家常用的一种技巧，可使对话格外显得活泼，可使人物个性格外显得真实突出。若是一部小说从头到尾，不分对话、叙述或描写，一律使用土话，则自《海上花》一类的小说以后并不多见。我之所以注意老舍的小说者盖在于此。胡适先生对于老舍的作品评价不高，他以为老舍的幽默是勉强造作的。但一般人觉得老舍的作品是可以接受的，甚至颇表欢迎。

抗战后，老舍有一段期间住在北碚，我们时相过从。他又黑又瘦，甚为憔悴，平常总是佝偻着腰，迈着四方步，说话的声音低沉、徐缓，但是风趣。他和王老向住在一起，生活当然是很清苦的。在名义上他是中国文艺界抗敌协会的负责人,事实上这个组织的分子很复杂,有不少野心分子企图从中操纵把持。老舍对待谁都是一样的和蔼亲切,存心厚道,所以他的人缘好。

有一次,北碚各机关团体以国立编译馆为首发起募款劳军晚会,一连两晚,盛况空前,把北碚儿童福利试验区的大礼堂挤得水泄不通。国立礼乐馆的张充和女士多才多艺,由我出面邀请,会同编译馆的姜作栋先生(名伶钱金福的弟子),合演一出《刺虎》,唱做之佳至今令人不能忘。在这一出戏之前,垫一段对口相声。这是老舍自告奋勇的。蒙他选中了我做搭档,头一晚他"逗哏"我"捧哏",第二晚我逗他捧,事实上挂头牌的当然应该是他。他对相声特有研究。在北平长大的谁没有听过焦德海、草上飞?但是能把相声全本大套的背诵下来则并非易事。如果我不答应上台,他即不肯露演,我为了劳军只好勉强同意。老舍嘱咐我说:"说相声第一要沉得住气,放出一副冷面孔,永远不许笑,而且要控制住观众的注意力,用干净利落的口齿在说到紧要处,使出全副气力斩钉断铁一般迸出一句俏皮话,则全场必定爆出一片彩声、哄堂大笑。用句术语来说,这叫做'皮儿薄',言其一戳即破。"我听了之后连连辞谢说:"我办不了,我的皮儿不薄。"他说:"不要紧,咱们练着瞧。"于是他把词儿写出来,一段是《新洪羊洞》,一段是《一家六口》,这都是老相声,谁都听过。相声这玩艺儿不嫌其老,越是经过千锤百炼的玩意儿越惹人喜欢,借着演员的技艺、风度之各有千秋而永远保持新鲜的滋味。相声里面的粗俗玩笑,例如"爸爸"二字刚一出口,对方就得赶快顺口答腔的说声"啊",似乎太无聊,但是老舍坚持不能删免,据他看相声已到了至善至美的境界,不可稍有损益。是我坚决要求,他才同意在用折扇敲头的时候只要略为比划而无需真打。我们认真的排练了好多次。到了上演的那一天,我们走到台的前边,泥雕木塑一般绷着脸肃立片刻,观众已经笑不可仰,以后几乎只能在阵阵笑声之间的空隙进行对话。该用折扇敲头的时候,老舍不知是一时激动忘形,还是有意违反诺言,抡起大折扇狠狠的向我打来。我看来势不善,向后一闪,折扇正好打落了我的眼镜。说时迟,那时快,我手掌向上两手平伸,正好托住那落下来的眼镜,我保持那个姿势不动。彩声历久不绝,有人以为这是一手绝活儿,还高呼:"再来一回!"

我们那一次相声相当成功,引出不少人的邀请,我们约定不再露演,除非是至抗战胜利再度劳军的时候。没想到胜利来得那么快,更没料到又一次浩劫来得那么急,大家的心情不对了,我们的这一次合作成了最后的一次。

老舍的才华是多方面的,长短篇的小说、散文、戏剧、白话诗,无一不能,无一不精,而且他有他的个性,绝不俯仰随人。我现在拣出一封老舍给我的信,是他离开北碚之后写的。那时候他的夫人已自北平赶来四川,但是他的生活更陷于苦闷。他患有胃下垂的毛病,割盲肠的时候用一小时余还寻不到盲肠,后来在腹部的左边找到了。

这封信附有七律五首,由此我们也可窥见他当时的心情的又一面。

前几年王敬羲从香港剪写老舍短文一篇,可惜未注明写作或发表的时间及地点,题为《春来忆广州》。看他行文的气质,已由绚烂趋于平淡,但是有一缕惆怅悲哀的情绪流露在字里行间。听说他去年已做了九泉之客,又有人说他尚在人间。是耶非耶,其孰能辨之?兹将这一小文附录于后:

春来忆广州

我爱花。因气候、水土等等关系,在北京养花,颇为不易。冬天冷,院里无法摆花,只好都搬到屋里来。每到冬季,我的屋里总是花比人多,形势逼人!屋中养花,有如笼中养鸟,即使用心调护,也养不出个样子来。除非特建花室,实在无法解决问题。我的小院里,又无隙地可建花室!

一看到屋中那些半病的花草,我就立刻想起美丽的广州来。去年春节后,我不是到广州住了一个月吗?哎呀,真是了不起的好地方!人极热情,花似乎也热情!大街小巷,院里墙头,百花齐放,欢迎客人,真是"交友看花在广州"啊!

在广州,对着我的屋门便是一株象牙红,高与楼齐,盛开着一丛红艳夺目的花儿,而且经常有很小的小鸟,钻进那朱红的小'象牙'里,如蜂采蜜。真美!只要一有空儿,我便坐在阶前,看那些花与小鸟。在家里,我也有一棵象牙红,可是高不及三尺,而且是种在盆子里。它入秋即放假休息,入冬便睡大觉,且久久不醒,直到端阳左右,它才开几朵先天不足的小花,绝对没有那种秀气的小鸟做伴!现在,它正在屋角打盹,也许跟我一样,正想念它的故乡广东吧?

春天到来,我的花草还是不易安排:早些移出去吧,怕风霜侵犯;不搬出去吧,又都发出细条嫩叶,很不健康。这种细条子不会长出花来。看着真令人焦心!

好容易盼到夏天,花盆都运至院中,可还不完全顺利。院小,不透风,许多花儿便生了病。特别由南方来的那些,如白玉兰、栀子、茉莉、小金桔、茶花……也不知怎么就叶落枝枯,悄悄死去。因此,我打定主意,在买来这些比较娇贵的花儿之时,就认为它们不能长寿,尽到我的心,而又不作幻想,以免枯死的时候落泪伤神。同时,也多种些叫它死也不肯死的花草,如夹竹桃之类,以期老有些花儿看。夏天,北京的阳光过暴,而且不下雨则已,一下就是倾盆倒海而来,势不可当,也不利于花草的生长。

秋天较好,可是忽然一阵冷风,无法预防,娇嫩些的花儿就受了重伤。于是,全家动员,七手八脚,往屋里搬呀,各屋里都挤满了花盆,人们出来进去都须留神,以免绊倒!

真羡慕广州的朋友们,院里院外,四季有花,而且是多么出色的花呀!白玉兰高达数丈,干子比我的腰还粗!英雄气概的木棉,昂首天外,开满大红花,何等气势!就连普通的花儿,四季海棠与绣球什么的,也特别壮实,叶茂花繁,花小而气魄不小!看,在冬天,窗外还有结实累累的木瓜呀!真没法儿比!一想起花木,也就更想念朋友们!

忆冰心[①]

顾一樵先生来,告诉我冰心和老舍先后去世。我将信将疑。冰心今年六十九岁,已近古稀,在如今那样的环境里传出死讯,无可惊异。读《清华学报》新七卷第一期(一九六八年八月刊),施友忠先生有《中共文学中之讽刺作品》一文,里面提到冰心,但是没有说她已经去世。最近谢冰莹先生在《作品》第二期(一九六八年十一月)里有《哀冰心》一文,则明言"冰心和她的丈夫吴文藻双双服毒自杀了"。看样子,她是真死了。她在日本的时候写信给赵清阁女士说:"早晚有一天我死了都没有人哭!"似是一语成谶!可是"双双服毒",此情此景,能不令远方的人一洒同情之泪?

初识冰心的人都觉得她不是一个令人容易亲近的人,冷冷的好像要拒人于千里之外。她的《繁星》《春水》发表在《晨报副刊》的时候,风靡一时,我的朋友中如时昭瀛先生,便是最为倾倒的一个。他逐日剪报,后来精裱成一长卷,在美国和冰心相遇的时候恭恭敬敬的献给了她。我在《创造周报》第十二期(十二年七月廿

[①] 本篇文章是作者误以为冰心去世而有感所作。编者注。

九日）写过一篇《〈繁星〉与〈春水〉》，我的批评是很保守的，我觉得那些小诗里理智多于情感，作者不是一个热情奔放的诗人，只是泰戈尔小诗影响下的一个冷隽的说理者。就在这篇批评发表后不久，于赴美途中在"杰克孙总统"号的甲板上不期而遇。经许地山先生介绍，寒暄一阵之后，我问她："您到美国修习什么？"她说："文学。"她问我："您修习什么？"我说："文学批评。"话就谈不下去了。

在海船上摇晃了十几天，许地山、顾一樵、冰心和我都不晕船，我们兴致勃勃的办了一份文学性质的壁报，张贴在客舱入口处。后来我们选了十四篇送给《小说月报》，发表在第十一期（十二年十一月十日），作为一个专辑，就用原来壁报的名称《海啸》。其中有冰心的诗三首：《乡愁》《惆怅》《纸船》。

十三年秋我到了哈佛，冰心在威尔斯莱女子学院，同属于波斯顿地区，相距约一个多小时火车的路程。遇有假期，我们几个朋友常去访问冰心，邀她泛舟于脑伦壁迦湖；冰心也常乘星期日之暇到波斯顿来做杏花楼的座上客。我逐渐觉得她不是恃才傲物的人，不过对人有几分矜持，至于她的胸襟之高超，感觉之敏锐，性情之细腻，均非一般人所可企及。

十四年三月二十八日，波斯顿一带的中国学生在"美术剧院"公演《琵琶记》，剧本是顾一樵改写的，由我译成英文。我饰蔡中郎，冰心饰宰相之女，谢文秋女士饰赵五娘。逢场作戏，不免谑浪。后谢文秋与同学朱世明先生订婚,冰心就调侃我说:"朱门一入深似海,从此秋郎是路人。""秋郎"二字来历在此。

冰心喜欢海,她父亲是海军中人,她从小曾在烟台随侍过一段期间,所以和浩瀚的海洋结不解缘。不过在她的作品里嗅不出梅思斐尔的"海洋热"。她憧憬的不是骇浪涛天的海水,不是浪迹天涯的海员生涯,而是在海滨沙滩上拾贝壳,在静静的海上看冰轮乍涌。我十九年[1]到青岛,一住四年,几乎天天与海为邻,几次三番的写信给她,从没有忘记提到海,告诉她我怎样陪同太太带着孩子到海边捉螃蟹,掘沙土,拣水母,听灯塔呜呜叫,看海船冒烟在天边逝去。我的意思是逗她到青岛来。她也很想来过一个暑季,她来信说:"我们打算住两个月,而且因为我不能起来的缘故,最好是海涛近接于几席之下。文藻想和你们逛山散步,泅水,我则可以倚枕倾聆你们的言论。……我近来好多了,医生许我坐火车,大概总是有进步。"但是她终于不果来,倒是文藻因赴邹平开会之便,到舍下盘桓了三五天。

冰心健康情形一向不好,说话的声音不能大,甚至是有上气无下气的。她一到了美国不久就呕血,那著名的《寄小读者》大部分是在医院床上写的。以后她一直时发时愈,缠绵病榻。有人以为她患肺病,那是不确的。她给赵清阁的信上说:"肺病决不可能。"给我的信早就说得更明白:"为慎重起见,遵医(协和)嘱重行检

---
[1] 1930 年。编者注。

验一次，X光线，取血，闹了一天。据说我的肺倒没毛病，是血管太脆。"她呕血是周期性的，有时事前可以预知。她多么想看青岛的海，但是不能来，只好叹息："我无有言说，天实为之！"她的病严重的影响了她的创作生涯，甚至比照管家庭更妨碍她的写作，实在是太可惋惜的事。抗战时她先是在昆明，我写信给她。为了一句戏言，她回信说："你问我除生病之外所做何事。像我这样不事生产，当然使知友不满之意溢于言外。其实我到呈贡之后，只病过一次，日常生活都在跑山望水、柴米油盐、看孩子中度过……"在抗战期中做一个尽职的主妇真是谈何容易，冰心以病躯肩此重任，是很难为她了。她后来迁至四川的歌乐山居住，我去看她，她一定要我试一试他们睡的那一张弹簧床。我躺上去一试，真软，像棉花团，文藻告诉我他们从北平出来什么也没带，就带了这一张庞大笨重的床，从北平搬到昆明，从昆明搬到歌乐山，没有这样的床她睡不着觉！

歌乐山在重庆附近，算是风景很优美的一个地方。冰心的居处在一个小小的山头上，房子也可以说是洋房，不过墙是土砌的，窗户很小很少，里面黑黝黝的，而且很潮湿。倒是门外有几十棵不大不小的松树，秋声萧瑟，瘦影参差，还值得令人留恋。一般人以为冰心养尊处优，以我所知，她在抗战期间并不宽裕。歌乐山的寓处也是借住的。

抗战胜利后，文藻任职我国驻日军事代表团。这一段时间才是她一生享受最多的，日本的园林之胜是她所最为爱好的，日常的生活起居也由当地政府照料得无微不至。下面是她到东京后两年写给我的一封信：

实秋：

　　九月廿六信收到。昭涵到东京，待了五天，我托他把那部日本版杜诗带回给你，（我买来已有一年了！）到临走时他也忘了，再寻便人罢。你要吴清源和本因坊的棋谱，我已托人收集，当陆续奉寄。清阁在北平，（此信给她看看）你们又可以热闹一下。我们这里倒是很热闹，甘地所最恨的鸡尾酒会，这里常有！也累，也最不累，因为你可以完全不用脑筋说话。但这里也常会从万人如海之中飘闪出一两个"惊才绝艳"，因为过往的太多了，各国的全有，淘金似的，会浮上点金沙。除此之外，大多数是职业外交人员、职业军人、浮嚣的新闻记者，言语无味，面目可憎。在东京两年，倒是一种经验，在生命中算是很有趣的一段。文藻照应忙，孩子们照应玩，身体倒都不错，我也好。宗生不常到你处罢？他说高三功课忙得很，明年他想考清华，谁知道明年又怎么样？北平人心如何？看报仿佛不太好。东京下了一场秋雨，冷得美国人都披上皮大衣，今天又放了晴，天空蓝得像北平。真是想家得很！你们吃炒栗子没有？

请嫂夫人安

冰心　十、十二

　　卅八年[①]六月我来到台湾，接到冰心、文藻的信，信中说他们很高兴听到我来台的消息，但是一再叮咛要我立刻办理手续前往日本。风雨飘摇之际，这份友情当然可感，但是我没有去。此后就消息断绝。"无有言说，天实为之！"

---

① 1949 年。编者注。

记得当时年纪小

辑三

「疲马恋旧秣，羁禽思故栖」是孟郊的句子，人与疲马羁禽无异，高飞远走，疲于津梁，不免怀念自己的旧家园。

年纪小

当时

记得

"疲马恋旧秣,羁禽思故栖"

"疲马恋旧秣,羁禽思故栖"是孟郊的句子,人与疲马羁禽无异,高飞远走,疲于津梁,不免怀念自己的旧家园。

我的老家在北平,是距今一百几十年前由我祖父所置的一所房子。坐落在东城相当热闹的地区,出胡同东口往北是东四牌楼,出胡同西口是南小街子。东四牌楼是四条大街的交叉口,所以商店林立,市容要比西城的西四牌楼繁盛得多。牌楼根儿底下靠右边有一家干果子铺,是我家投资开设的,领东的掌柜的姓任,山西人,父亲常在晚间带着我们几个孩子溜达着到那里小憩,掌柜的经常飨我们以汽水,用玻璃球做塞子的那种小瓶汽水,仰着脖子对着瓶口汩汩而饮之,还有从蜜饯缸里抓出来的蜜饯桃脯的一条条的皮子,当时我认为那是一大享受。南小街子可是又脏又臭又泥泞的一条路,我小时候每天必需走一段南小街去上学,时常在羊肉床子看宰羊,在切面铺买"乾蹦儿"或"糖火烧"吃。胡同东口外斜对面就是灯市口,是较宽敞的一条街,在那里有当时唯一可以买到英文教科书《汉英初阶》及墨水钢笔的汉英图书馆,以后又添了一家郭纪云，路南还有一家小有名气的专卖卤虾小菜臭豆腐的店。往南走约十五分钟进金鱼胡同便是东安市场了。

我的家是一所不大不小的房子。地基比街道高得多，门前有四层石台阶，情形很突出，人称"高台阶"。原来门前还有左右分列的上马石凳，因妨碍交通而拆除了。门不大，黑漆红心，浮刻黑字"忠厚传家久，诗书继世长"，门框旁边木牌刻着"积善堂梁"四个字，那时人家常有堂号，例如，"三槐堂卫""百忍堂张"等等，"积善堂梁"出自何典我不知道。"积善之家必有余庆"，语见《易经》，总是勉人为善的好话，作为我们的堂号亦颇不恶。打开大门，里面是一间门洞，左右分列两条懒凳，从前大门在白昼是永远敞着的，谁都可以进来歇歇脚。一九一一年兵变之后才把大门关上。进了大门迎面是两块金砖镂刻的"戬谷"两个大字，戬谷一语出自《诗经》"俾尔戬谷"。戬是福，谷是禄，取其吉祥之义。前面放着一大缸水葱（正名为莞，音冠），除了水冷成冰的时候总是绿油油的，长得非常旺盛。

向左转进四扇屏门，是前院。坐北朝南三间正房，中间一间辟为过厅，左右两间一为书房一为佛堂。辛亥革命前两年，我的祖父去世，佛堂取消，因为我父亲一向不喜求神拜佛，这间房子成了我的卧室，那间书房属于我的父亲，他镇日价在里面摩挲他的那些有关金石小学的书籍。前院的南边是临街的一排房，作为佣人的居室。前院的西边又是四扇屏门，里面是西跨院，两间北房由塾师居住，两间南房堆置书籍，后来改成了我的书房。小跨院种了四棵紫丁香，高逾墙外，春暖花开时满院芬芳。

走进过厅，出去又是一个院子，迎面是一个垂花门，门旁有四大盆石榴树，花开似火，结实大而且多，院里又有几棵梨树，后来砍伐改种四棵西府海棠。院子东头是厨房，绕过去一个月亮门通往东院，有一棵高庄柿子树，一棵黑枣树，年年收获累累，此外还有紫荆、榆叶梅等等。我记得这个东院主要用途是摇煤球，年年秋后就要张罗摇煤球，要敷一冬天的使用。煤黑子把煤渣与黄土和在一起，加水，和成稀泥，平铺在地面，用铲子剁成小方粒，放在大簸箩里像滚元宵似的滚成圆球，然后摊在地上晒，这份手艺真不简单，我儿时常在一旁参观，十分欣赏。如遇天雨，还要急速动员抢救，否则化为一汪黑水全被冲走了。在那厨房里我是不受欢迎的，厨师嫌我们碍手碍脚，拉面的时候总是塞给我一团面教我走得远远的，我就玩那一团面，直玩到那团面像是一颗煤球为止。

进了垂花门便是内院，院当中是一个大鱼缸，一度养着金鱼，缸中还矗立着一座小型假山，山上有桥梁房舍之类，后来不知怎么水也涸了，假山也不见了，干脆作为堆置煤灰煤渣之处，一个鱼缸也有它的沧桑！东西厢房到夏天晒得厉害，虽有前廊也无济于事，幸有宽幅一丈以上的帐篷三块每天及时支起，略可遮抗骄阳。祖父逝后，内院建筑了固定的铅铁棚，棚中心设置了两扇活动的天窗，至是"天棚鱼缸石榴树……"乃粗具规模。民元之际，家里的环境突然维新,一日之内小辫子剪掉了好几根,而且装上了庞然巨物钉在墙上的"德律风",号码是六八六。照明的工具原来都是油灯、猪蜡,只有我父亲看书时才能点白光熠熠的"僧帽"牌的洋蜡,煤油灯认为危险,一向抵制不用,至是里里外外装上了电灯,大放光明。还有两架电扇,西门子制造的,经常不准孩子们走近五尺距离以内,生怕削断了我们的手指。

内院上房三间,左右各有套间两间。祖父在的时候,他坐在炕上,隔着玻璃窗子外望,我们在院里跑都不敢跑。有一次我们几个孩子听见胡同里有"打糖锣儿的"的声音,一时忘形,蜂拥而出,祖父大吼:"跑什么?留神门牙!"打糖锣儿的乃是卖糖果的小贩,除了糖果之外兼卖廉价玩具、泥捏的小人、蜡烛台、小风筝、摔炮,花样很多,我母亲一律称之为"土筐货"。我们买了一些东西回来,祖父还坐在那里,唤我们进去。上房是我们非经呼唤不能进去的,而且是一经呼唤便非进去不可的,我们战战兢兢的鱼贯而入,他指着我问:"你手里拿着什么?"我说:"糖。""什么糖?"我递出了手指粗细的两根,一支黑的,一支白的。我解释说:"这黑的,我们取名为狗屎橛;这白的为猫屎橛。"实则那黑的是杏干做的,白的是柿霜糖,祖父笑着接过去,一支咬一口尝尝,连说:"不错,不错。"他要我们下次买的时候也给他买两支。我们奉了圣旨,下次听到糖锣儿一响,一拥而出,站在院子里大叫:"爷爷,您吃猫屎橛,还是吃狗屎橛?"爷爷会立即答腔:"我吃猫屎橛!"

/ 辑三 /
记得当时年纪小

这是我所记得的与祖父建立密切关系的开始。

父母带着我们孩子住西厢房,我同胞一共十一个,我记事的时候已经有四个,姊妹兄弟四个孩子睡一个大炕,好热闹,尤其是到了冬天,白天玩不够,夜晚钻进被窝齐头睡在炕上还是吱吱喳喳笑语不休,母亲走过来巡视,把每个孩子脖梗子后面的棉被塞紧,使不透风,我感觉异常的舒适温暖,便怡然入睡了。我活到如今,夜晚睡时脖梗子后面透凉气,便想到母亲当年那一份爱抚的可贵。母亲打发我们睡后还有她的工作,她需要去伺候公婆的茶水点心,直到午夜;她要黎明即起,张罗我们梳洗,她很少睡觉的时间。可是等到"多年的媳妇熬成婆",这情形又周而复始,于是女性惨矣!

大家庭的膳食是有严格规律的,祖父母吃小锅饭,父母和孩子吃普通饭,男女仆人吃大锅饭,只有吃煮饽饽吃热汤面是例外。我们北方人,饭桌上没有鱼虾,烩虾仁、溜鱼片是馆子里的菜,只有春夏之交黄鱼、大头鱼相继进入旺季,全家才能大快朵颐,每人可以分到一整尾。秋风起,要吃一两回铛爆羊肉,牛肉是永远不进家门的,院子里升起一大红泥火炉的熊熊炭火,有时也用柴,噼噼啪啪的响,铛上肉香四溢,颇为别致。秋高蟹肥,当然也少不了几回持螯把酒。平时吃的饭是标准的家常饭,到了特别的吉庆之日,看祖父母的高兴,说不定就有整只烤猪或是烧鸭之类的犒劳。祖父母的小锅饭也没有什么了不起,也不过是爆羊肉、烧茄子、焖扁豆之类,不过是细切细做而已。我记得祖父母进膳时,有时看到我们

169

在院里拍皮球，便喊我们进去，教我们张开嘴巴，用筷子夹起半肥半瘦的羊肉片往嘴里塞，我们实在不欣赏肥肉，闭着嘴跑到外面就吐出来。祖父有时候吃得高兴，便教"跑上房的"小厮把厨子唤来，隔着窗子对他说："你今天的爆羊肉做得好，赏钱两吊！"厨子在院中慌忙屈腿请安，连声谢谢，我觉得很好笑。我祖母天天要吃燕窝，夜晚由老张妈戴上老花眼镜坐在门旮旯儿弓着腰驼着背摘燕窝上的细茸毛，好可怜，一清早放在一个薄铫儿里在小炉子上煨。官燕木盒子是我们的，黑漆金饰，很好玩。

我母亲从来不下厨房，可是经我父亲特烦，并且亲自买回鱼鲜笋蕈之类，母亲亲操刀砧，做出来的菜硬是不同。我十四岁进了清华学校，每星期只准回家一次，除去途中往返，在家只有一顿午饭从容的时间，母亲怜爱我，总是亲自给我特备一道菜，她知道我爱吃什么，时常是一大盘肉丝韭黄加冬笋木耳丝，临起锅加一大勺花雕酒，——菜的香，母的爱，现在回忆起来不禁涎欲滴而泪欲垂！

我生在西厢房，长在西厢房，回忆儿时生活大半在西厢房的那个大炕上。炕上有个被窝垛，由被褥堆垛起来的，十床八床被褥可以堆得很高，我们爬上爬下以为戏，直到把被窝垛压到连人带被一齐滚落下来然后已。炕上有个炕桌，那是我们启蒙时写读的所在。我同哥姐四个人，盘腿落脚地坐在炕上，或是把腿伸到桌底下，夜晚靠一盏油灯，三根灯草，描红模子，写大字，或是朗诵

/ 辑三 /

记得当时年纪小

"一老人,入市中,买鱼两尾,步行回家"。我会满怀疑虑的问父亲:"为什么他买鱼两尾就不许他回家?"惹得一家大笑。有一回我们围着炕桌夜读,我两腿清酸,一时忘形把膝头一拱,哗刺刺一声炕桌滑落地上,油灯墨盒泼洒得一塌糊涂。母亲有时督促我们用功,不准我们淘气,手里握着笤帚疙瘩或是掸子把儿,作威吓状,可是从来没有实行过体罚。这西厢房就是我的窝,夙兴夜寐,没有一个地方比这个窝更为舒适。虽然前面有廊檐而后面无窗,上支下摘的旧式房屋就是这样的通风欠佳。我从小就是喜欢早起早睡,祖父生日有时叫一台"托偶戏"在院中上演,有时候是滦州影戏,唱的无非是什么《盘丝洞》《走鼓沾棉》《三娘教子》《武家坡》之类,大锣大鼓,尖声细嗓,我吃不消,我依然是按时回房睡觉,大家目我为落落寡合的怪物。可是影戏里有一个角色我至今不忘,那就是每出戏完毕之后上来叩谢赏钱的那个小丑,满身袍褂靴帽而脑后翘着一根小辫,跪下来磕三个响头,有人用惊堂木配合着用力敲三下,砰砰砰,清脆可听。我所以对这个角色发生兴趣,是因为他滑稽,同时代表那种只为贪图一吊两吊的小利就不惜卑躬屈节向人磕头的奴才相。这种奴才相在人间世里到处皆是。

小时过年固然热闹,快意之事也不太多。除夕满院子洒上芝麻秸,踩上去喀吱喀吱响,一乐也;宫灯、纱灯、牛角灯全部出笼,而孩子们也奉准每人提一只纸糊的"气死风",二乐也;大开赌戒,可以掷状元红,呼卢喝雉,难得放肆,三乐也。但是在另一方面,年菜年年如是，大量制造，等于是天天吃剩菜，几顿煮饽饽吃得人倒尽胃口。杂拌儿么，不管粗细，都少不了尘埃细沙杂拌其间，吃到嘴里牙碜。撤供下来的蜜供也是罩上了薄薄一层香灰。压岁钱则一律塞进"扑满"，永远没满过，也永远没扑过，后来不知到哪里去了。天寒地冻，无处可玩，街上店铺家家闭户，里面不成腔调的锣鼓点儿此起彼落。厂甸儿能挤死人，为了"喝豆汁儿，就咸菜儿，琉璃喇叭大沙雁儿"，真犯不着。过年最使人窝心的事莫过于挨门去给长辈拜年，其中颇有些位只是年龄比我长些，最可恼的是有时候主人并不挡驾而教你进入厅堂朝上磕头，从门帘后面蓦地钻出一个不三不四的老妈妈，"哟，瞧这家的哥儿长得可出息啦！"辛亥革命以后我们家里不再有这些繁文缛节。

还有一个后院，四四方方的，相当宽绰。正中央有一棵两人合抱的大榆树。后边有榆（余）取其吉利。凡事要留有余，不可尽，是我们民族特性之一。这棵榆树不但高大而且枝干繁茂，其圆如盖，遮满了整个院子。但是不可以坐在下面乘凉，因为上面有无数的红毛绿毛的毛虫，不时的落下来，咕咕囔囔的惹人嫌。榆树下面有一个葡萄架，近根处埋一两只死猫，年年葡萄丰收，长长的马乳葡萄。此外靠边还有香椿一、花椒一、嘎嘎儿枣一。每逢春暮，榆树开花结荚，名为榆钱。榆荚纷纷落下时，谓之"榆荚雨"（见《荆楚岁时记》）。施肩吾《咏榆荚》诗："风吹榆钱落如雨，绕林绕屋来不住。"我们北方人生活清苦，遇到榆荚成雨时就要吃一顿榆钱糕。名为糕，实则捡榆钱洗净，和以小米面或棒子面，上锅蒸熟，舀取碗内，加酱油醋麻油及切成段的葱白葱叶而食之。我家每做榆钱糕成，全家上下聚在院里，站在阶前分而食之。比《帝京景物略》所说"四月榆初钱，面和糖蒸食之"还要简省。仆人吃过一碗两碗之后，照例要请安道谢而退。我的大哥有一次不知怎的心血来潮，吃完之后也走到祖母跟前，屈下一条腿深深请了个安，并且说了一声："谢谢您！"祖母勃然大怒，"好哇！你把我当做什么人？……"气得几乎晕厥过去。父亲迫于形势，只好使用家法了。从墙上取下一根藤马鞭，高高举起，轻轻落下，一五一十的打在我哥哥的屁股上。我本想跟进请安道谢，幸而免，吓得半死，从此我见了榆钱就恶心，对于无理的专制与压迫在幼小时就有了认识。后院东边有个小院，北房三间，南房一间，其间有一口井。井水是苦的，只可汲来洗衣洗菜，但是另有妙用，夏季把西瓜系下去，隔夜取出，透心凉。

想起这栋旧家宅，顺便想起若干儿时事。如今隔了半个多世纪，房子一定是面目全非了。其实人也不复是当年的模样，纵使我能回去探视旧居，恐怕我将认不得房子，而房子恐怕也认不得我了。

童年生活

我的童年生活，只模糊的记得一些事。

北平有一童谣：

<blockquote>
小小子儿，

坐门墩儿，

哭哭啼啼的想媳妇儿。

娶了媳妇儿干什么呀？

点灯，说话儿；

吹灯，作伴儿；

早晨起来梳小辫儿。
</blockquote>

梳小辫儿是一天中第一件大事。我是在民国元年[①]才把小辫儿剪了去。那时候我的辫子已有一尺多长，睡一夜觉，辫子往往就松散了，辫子不梳好是不准出屋门的。所以早起急于梳辫子，而母亲忙，匆匆的给我梳，梳得紧，揪得头皮痛。我非常厌恶这根猪尾

[①] 1912 年。编者注。

巴。父亲读《扬州十日记》《大义觉迷录》之类的书，常把满军入关之后"留头不留发，留发不留头"的故事讲给我们听，我们对于辫子益发没有好感。革命后把辫子一刀两断，十分快意。那时候北平的新式理发馆只有东总布胡同西口路北一处，座椅两张。我第一次到那里剪发，连揪带剪，相当痛，而且头发渣顺着脖子掉下去。

民国以前，我的家是纯粹旧式的。孩子不是一家之主，是受气包儿。家规很严。门房、下房，根本不许孩子涉足其间。爷爷奶奶住的上房，无事也不准进去，父亲的书房也是禁地，佛堂更不用说。所以孩子们活动的空间有限。室内游戏以在炕上攀登被窝垛为主，再不就是用窗帘布挂在几张桌前作成小屋状，钻进去坐着，彼此作客互访为乐。玩具是有的，不外乎从"打糖锣儿的"担子上买来的泥巴制的小蜡签儿之类，从隆福寺买来的小"空竹"算是上品了。

我记得儿时的服装，最简单不过。夏天似乎永远是竹布一身裤褂，白布是禁忌。冬天自然是大棉袄小棉袄，穿得滚圆臃肿。鞋子袜子都是自家做的，自古以来不就是以"青鞋布袜"作为高人雅士的标识么？我们在童时就有了那样的打扮。进了清华之后，才斗胆自主写信到天津邮购了一双白帆布鞋，才买了洋袜子穿。暑假把一双双的布袜子原样带回家，被母亲发现，才停止了布袜的供应。布鞋、毛窝，一直在脚上穿着，皮鞋是很久以后的事了。

小孩子哪有不馋的？早晨烧饼油条或是三角馒头，然后一顿面一顿饭，三餐无缺，要想吃零食不大容易。门口零食小贩是不许照顾的，有时候偷着吃"果子干""玻璃粉"或是买串糖葫芦，被发现便不免要挨骂。所以我出去到大鹁鸽市进陶氏学堂的时候，看见卖浆米藕的小贩，驻足而观，几乎馋死，豁出两天不吃烧饼油条，积了两个铜板才得买了一小碟吃。我的一个弟弟想吃肉，有一天情不自已的问出一句使母亲心酸的话："妈，小炸丸子卖多少钱一碟？"

革命以后，情况不同了。我的家庭也起了革命。我们可以穿白布衫裤，可以随时在院子里拍皮球、放风筝、耍金箍棒，可以逛隆福寺吃"驴打滚儿""艾窝窝"。父亲也带我们挤厂甸。

念字号儿，描红模子，读商务出版的"人手足刀尺，一人二手，开门见山，山高月小，水落石出……"这一套启蒙教育，都是在炕桌上，在母亲的苕帚疙瘩的威吓下顺利进行的。我们没受过体罚。我比较顽皮淘气，可是也没挨过打。我爱发问，我读过"一老人，入市中，买鱼两尾，步行回家"之后，曾经发问："为什么买鱼两尾就不许他回家？"

父亲给我们订了一份商务的《儿童画报》，卷末有一栏绘一空白轮廓，要小读者运用想象力在其中填画一件彩色的实物。寄了去如果中选有奖。我得了好几次奖，大概我是属于"小时了了"那一类型。上房后炕的炕案上有一箱装订成册的《吴友如画宝》，虽然说明文字未必能看得懂，画中大意往往能体会到一大部分，帮助我了解社会人生不浅。性的知识，我便是在八九岁时从吴友如几期画报中领悟到的。这就是我童年生活的大概。

我在小学

　　我在六七岁的时候开始描红模子,念字号儿。所谓"红模子"就是红色的单张字帖,小孩子用毛笔蘸墨把红字涂黑即可。帖上的字不外是"上大人孔乙己化三千……""一去二三里烟村四五家……",以及"王子去求仙丹成上九天……"之类。描红模子很容易描成墨猪,要练得一笔下去就横平竖直才算得功夫。所谓"字号儿"就是小方纸片,我父亲在每张纸片上写一个字,每天要我认几个字,逐日复习。后来书局印售成盒"看图识字",一面是字,一面是画,就更有趣了,我们弟兄姊妹一大群,围坐在一张炕上的矮桌周边写字认字,有说有笑。有一次我一拱腿,把炕桌翻到地上去。母亲经常坐在炕沿上,一面做活计,一面看着我们,身边少不了一把炕笤帚,那笤帚若是倒握着在小小的脑袋上敲一击是很痛的。在那时体罚是最简截了当的教学法。

　　不久,我们住的内政部街西口内路北开了一个学堂,离我家只有四五个门。校门横楣有砖刻的五个福字,故称之为五福门。后院有一棵合欢树,俗称马缨花,落花满地,孩子们抢着拾起来玩,每天早晨谁先到校谁就可以捡到最好的花。我有早起的习惯,所以我总是拾得最多。有一天我一觉醒来,窗棂上有一格已经有了阳光,急得直哭,母亲匆忙给我梳小辫,打发我上学,不大工夫我就回转了,学堂尚未开门。在这学堂我学得了什么已不记得,只记得开学那一天,学生们都穿戴一色的缨帽、呢靴站在院里,只见穿戴整齐的翎顶袍褂的提调学监们摇摇摆摆的走到前面,对着至圣先师孔子的牌位领导全体行三跪九叩礼。

在这个学堂里浑浑噩噩的过了一阵。不知怎么,这学校关门大吉。于是家里请了一位教师,贾文斌先生,字宪章,密云县人,口音有一点怯,是一名拔贡。我的二姊、大哥和我三个人在西院书房受教于这位老师。所用课本已经是新编的国文教科书,从"人、手、足、刀、尺"起,到"一人二手,开门见山",以至于"司马光幼时……"。《三字经》《百家姓》《千字文》这一段就没有经历过。贾老师的教学法是传统的"念背打"三部曲,但是第三部"打"从未实行过。不过有一次我们惹得他生了大气,那是我背书时背不出来,二姊偷偷举起书本给我看,老师本来是背对着我们的,陡然回头撞见,气得满面通红,但是没有动用桌上放着的精工雕刻的一把戒尺。还有一次也是二姊惹出来的,书房有一座大钟,每天下午钟鸣四下就放学,我们时常暗自把时针向前拨快十来分钟。老师渐渐觉得座钟不大可靠,便利用太阳光照在窗纸上的阴影用朱笔划一道线,阴影没移到线上是不放学的。日久季节变幻阴影的位

/ 辑三 /

记得当时年纪小

置也跟着移动，朱笔线也就一条条的加多。二姊想到了一个方法，趁老师不在屋里替他加上一条线，果然我们提早放学了，试行几次之后又被老师发现，我们都受了一顿训斥。

辛亥革命前二年，我和大哥进了大鹁鸽市的陶氏学堂。陶是陶端方，在当时是满清政府里的一位比较有知识的人，对于金石颇有研究，而且收藏甚富，历任要职，声势煊赫，还知道开办洋学堂，很难为他了。学堂之设主要的是为教育他的家族子弟，因为他家人口众多，不过也附带着招收外面的学生，收费甚昂，故有贵族学堂之称。父亲要我们受新式教育，所以不惜学费负担投入当时公认最好的学校，事实上却大失所望。所谓新式的洋学堂，只是徒有其表。我在这学堂读了一年，可以说什么也没有学到，无非是让我认识了一些丑恶腐败的现象。

陶氏学堂是私立贵族学堂，陶氏子弟自成特殊阶级原无足异，但是有些现象却是令人难以置信的。陶氏子弟上课时随身携带老妈子，听讲之间可以唤老妈子外出买来一壶酸梅汤送到桌下慢慢饮用。听先生讲书，随时可以写个纸条，搓成一个纸团，丢到老师讲台上去，代替口头发问，老师不以为忤。陶氏子弟个个恣肆骄纵、横冲直撞，记得其中有一位名陶栻者，尤其飞扬跋扈。他们在课堂内外成群的呼啸出入，动辄动手打人，大家为之侧目。

国文老师是一位南方人，已不记得他的姓名，教我们读《诗经》。他根据他的祖传秘方，教我们读，教我们背诵，就是不讲解,当然,即使讲解也不是儿童所能领略。他领头扯着嗓子喊:"击鼓其镗",我们全班跟着喊"击鼓其镗",然后我们一句句的循声朗诵"踊跃用兵,土国城漕,我独南行"。他老先生喉咙哑了,便唤一位班长之类的学生代他吼叫。一首诗朗诵过几十遍,深深的记入在我们的脑子里,迄今有些首诗我能记得清清楚楚。脑子里记若干首诗当然是好事,但是付了多大的代价!一部分童时宝贵的光阴是这样耗去的!

有趣的是体操一课。所谓体操,就是兵操。夏季制服是白帆布制的,草帽、白线袜、黑皂鞋,裤腿旁边各有一条红带,衣服上有黄铜纽扣。辫子则需盘起来扣在草帽底下。我的父母瞒着祖父母给我们做了制服,因为祖父母的见解是属于更老一代的,他们无法理解在家里没有丧事的时候孩子们可以穿白衣白裤。因此我们受到严重的警告,穿好操衣之后要罩上一件竹布大褂,白色裤脚管要高高的卷起来,才可以从屋里走到院里,下学回家时依然要偷偷摸摸溜到屋里赶快换装。在民元以前,我平时没有穿过白布衣裤。

武昌起义,鼙鼓之声动地而来,随后端方遇害,陶氏学堂当然立即瓦解,陶氏子弟之在课堂内喝酸梅汤的那几位,以后也不知下落如何了。这时节,祖父母相继逝世,父亲做了一件大事,全家剪小辫子。在剪辫子那一天,父亲对我们讲了一大套话,平夙看的《大义觉迷录》《扬州十日记》供给他不少愤慨的资料,我们对于这污脏、麻烦的辫子本来就十分厌恶,巴不得把它齐根剪去,但是

/ 辑三 /
记得当时年纪小

在发动并州快剪之际,我们的二舅爹爹还忍不住泫然流涕。民国成立,薄海腾欢,第一任正式大总统项城袁世凯先生不愿到南京去就职,嗾使第三镇曹锟驻禄米仓部队于阴历正月十二日夜晚兵变,大烧大抢,平津人民遭殃者不计其数。我亦躬逢其盛。兵变过后很久,家里情形逐渐稳定,我才有机会进入公立第三小学。

公立第三小学在东城根新鲜胡同,是当时办理比较良好的学校,离我家又近,所以父亲决定要我和大哥投入该校。校长赫杏村先生,旗人,精明强干,声若洪钟。我和大哥都编入高小一年级。主任教师是周士棻先生,号香如,山西人,年纪不大,约三十几岁,但是蓄了小胡子,道貌岸然。周先生是我真正的启蒙业师。他教我们国文、历史、地理、习字。他的教学方法非常认真负责。在史地方面,于课本之外另编补充教材,每次上课之前密密杂杂的写满了两块大黑板,要我们抄写,月终呈缴核阅。例如历史一科,鸿门之宴、垓下之围、淝水之战、安史之乱、黄袍加身、明末三案,诸如此类的史料都有比较详细的补充。材料很平常,可是他肯费心讲授,而且不占用上课时间去写黑板。对于习字一项,他特别注意。他用黑板槽里积存的粉笔屑,和水作泥,用笔蘸着写字,在黑板上作为示范,灰泥干了之后显得特别的黑白分明,而且粗细停匀,笔意毕现。周老师的字属于柳公权一派,瘦劲方正。他要我们写得横平竖直,规规矩矩。同时他也没有忽略行草的书法,我们每人都备有一本草书《千字文》拓本,与楷书对照。我从此学得初步的草书写法，其中一部分终身未曾忘。大字之外还要写"白折子"，折子里面夹上一张乌丝格，作为练习小楷之用。他知道我们小学毕业之后能升学的不多，所以在此三年之内基础必须打好，而习字是基本技能之一。

周老师也还负起训育的责任，那时候训育叫做修身。我记得他特别注意生活上的小节，例如纽扣是否扣好，头发是否梳齐，以及说话的腔调、走路的姿势，无一不加指点。他要求于我们的很多，谁的笔记本子折角、卷角就要受申斥。我的课业本子永远不敢不保持整洁。老师本人即是一个榜样。他布衣布履，纤尘不染，走起路来目不斜视，迈大步昂首前进，几乎两步一丈。讲起话来和颜悦色，但是永无戏言。在我们心目中他几乎是一个完人。我父亲很敬重周老师的为人，在我们毕业之后，特别请他到家里为我的弟弟妹妹补课多年，后来还请他租用我们的邻院做我们的邻居。我的弟弟妹妹都受业于周老师，至少我们写的字都像是周老师的笔法。

小学有英文一课，事实上我未进小学之前就已开始从父亲学习英文了。我父亲是同文馆第一期学生，所以懂些英文，庚子年乱起辍学的。小学的英文老师是王德先生，字仰臣。我们用的课本是华英初阶，教授的方法是由拼音开始，然后就是死背字句。记得第三课就有一句："Is he of us？"（"彼乃我辈中人否？"）这一句我背得滚瓜烂熟。老师一提"Is he of us？"我马上就回答出"彼乃我辈中人否？"老师大为惊异，其实我在家里早已学过了。这样教学的方法使初学英文的人费时很多，但未养成初步的语言习惯，实在是精力的浪费。后来老师换了一位程洵先生，是一位日本留学生，有时穿着半身西装，英语发音也比较流利正确一些。我因为预先学过一些英文，所以在班上特感轻松，老师也特别嘉勉。临毕业时，程老师送我一本原版的马考莱《英国史》。这本书当时还不能看懂，后来却也变成对我有用的一本参考书。

体操老师锡福先生，字辅臣，旗人。他有一副苍老而沙哑的喉咙，喊起立正、稍息、枪上肩、枪放下的时候很是威风。排起队来我是末尾，排头的一位有我两个高。老师特别喜欢我们这一班，因为我们平常把枪擦得亮，服装整齐一些，而且开正步的时候特别用力踏地作响，给老师作面子。学校在新鲜胡同东口路南，操场在西口路北，我们排队到操场去的时候精神抖擞，有时遇到操场上还有别班同学上操未散，我们便更着力操演，逼得其他各班只有木然呆立、瞠目赞叹的份儿。半小时操后，时常是踢足球。操场不画线，竖起竹竿便是球门，一半人臂缠红布，笛声一响便踢起球来，高头大马横冲直撞，像我这样的只能退避三舍以免受伤。结果是鸣笛收队皆大欢喜。

我的算术，像"鸡兔同笼"一类的题目，我认为是专门用来折磨孩子的，因为当时想鸡兔是不会同笼的，即使同笼亦无需又数头又数脚，一眼看上去就会知道是几只鸡几只兔。现在我当然明白，是我自己笨，怨不得谁。手工课也不容易应付，不是抟泥，就是削竹,最可怕的是编纸,用修脚刀把彩色纸划出线条,然后再用别种彩色纸条编织上去,真需要鬼斧神工。在这方面常常由我的大姊帮忙。教手工的老师患严重口吃,结结巴巴的惹人笑。教理化的李秉衡老师,保定府人,曾经表演氢二氧一变成水,水没有变出来,玻璃瓶炸得粉碎,但是有一次却变成功了。有一次表演冷缩热胀,一支烧得滚烫的铜珠,被一位多事的同学伸手抓了起来,烫得满手掌溜浆大泡。教唱歌的是一位时老师,他没有歌喉,但是会按风琴,他教我们唱的《春之花》我至今不能忘。

有一次远足是三年中一件大事。事先筹划了很久,决定目的地为东直门外的自来水厂。这一天特别起了个大早,晨曦未上就赶到了学校。大家啜柳叶汤果腹,柳叶汤就是细长菱形薄面片加菜煮成的一种平民食品,但这是学校里难得一遇的旷典,免费供应,大家都很高兴,有人连罄数碗。不知是谁出的主意,向步军统领衙门借了六位喇叭手,改着我们学校的制服,排在我们队伍前面开道,六只亮晶晶的喇叭上挂着红绸彩,嘀嘀打打的吹起来,招摇过市,好不威风!由新鲜胡同走到东直门外,约有四五里之遥,往返将近十里。自来水厂没有什么可看的,虽然那庞大的水池、水塔以前都没有见过。这是我第一次徒步走出北京城墙,有久困出柙之感。午间归来,两腿清酸。下次作文的题目是《远足记》,文章交卷,此一盛举才算是功德圆满。

我们一班二十几人,如今音容笑貌尚存脑海者不及半数,姓

/ 辑三 /
记得当时年纪小

名未忘者更是寥寥可数了。年龄最大、身体最高的是一位名叫连祥的同学，约在二十开外，浓眉大眼，膀大腰圆，吹喇叭、踢足球都是好手，脑袋后面留着一根三寸多长的小辫，用红绳扎紧，挺然翘然的立在后脑勺子上，像是一根小红萝卜。听说他以后当步兵去了。一位功课好而态度又最安详的是常禧，后来冠姓栾，他是我们的班长，周老师很器重他。后来听周老师说他在江西某处任商务印书馆分馆经理。还有岳廉识君，后来进了交通部。我们同学绝大部分都是贫寒子弟，毕业之后各自东西，以我所知道的，有人投军，有人担筐卖杏，能升学的极少。我们在校的时候都相处得很好，有两种风气使我感到困惑。一个是喜欢打斗，动辄挥拳使绊，闹得桌翻椅倒。有一位同学长相不讨人喜欢，满脸疙瘩噜苏，绰号"小炸丸子"。他经常是几个好闹事的同学们欺弄的对象，有多少次被抬到讲台桌上，手脚被人按住，有人扯下他的裤子，大家轮流在他的裤裆里吐一口痰！还有一位同学名叫马玉岐，因为宗教的关系，饮食习惯与别人不同。几个不讲理的同学便使用武力，强迫他吃下他们不吃的东西，经常要酿出事端。在这样尚武的环境之中我小心翼翼，有时还不能免于受人欺凌。自卫的能力之养成，无论是斗智还是斗力，都需要实际体验。我相信我们的小学是很好的训练场所。另一件使我困惑的事是大家之口出秽言的习惯。有些人各自秉承家教，不只是"三字经"常挂在嘴边，高谈阔论起来，其内容往往涉及《素女经》，而且有几位特别大胆的还不惜把他在家中所见所闻

185

的实例不厌其详的描写出来。讲的人眉飞色舞,听的人津津有味。学校好几百人共用一个厕所,其环境之脏可想,但是有些同学们入厕之后其嘴巴比那环境还脏。所以我视如厕为畏途。性教育在一群孩子们中间自由传播,这种情形当时在公立小学尤甚,我是深深拜受其赐了。

  我在第三小学读了三年,每天早晨和我哥哥步行到校,无间风雪。天气不好的时候要穿家中自制的带钉的油鞋,手中举着雨伞,途中经常要遇到一只恶犬,多少要受到骚扰,最好的时候是适值它在安睡,我们就悄悄的溜过去了。那时我不明白为什么有人要养狗并且纵容它与人为难。内政部门口站岗和巡捕半醒半睡的挂着上刺刀的步枪靠在墙垛上,时常对我们颔首微笑,我们觉得受宠若惊,久之也搭讪着说两句话。出内政部街东口往北转,进入南小街子,无分晴雨,永远有泥泞车辙,其深常在尺许。街边有羊肉床子,时常遇到宰羊,我们就驻足而视,看着绵羊一声不响在引颈就戮。羊肉包子的味道热腾腾的四溢。卖螺丝转儿油鬼的,卖甜浆粥的,卖烤白薯,卖糖耳朵的,一路上左右皆是。再向东一转就进入新鲜胡同了,一眼可以望得见城墙根,常常看见有人提笼架鸟从那边蹓跶着走过来。这一段路给我的印象很深,二十多年后我再经过这条街则已变为坦平大道面目全非,但是我还是怀念那久已不复存在的湫隘的陋巷。我是在这些陋巷中生长大的,这是我的故乡。

/ 辑三 /
记得当时年纪小

民国四年[1]我毕业的时候，主管教育的京师学务局（局长为德彦）令饬举行会考，把所有各小学应届毕业的学生三数百人聚集在我们第三小学，考国文、习字、图画数科，名之曰"观摩会"。事关学校荣誉，大家都兴奋。国文试题记得是《诸生试各言尔志》。事有凑巧，这个题目我们以前作过，而且以前作的时候，好多同学都是说将来要"效命疆场，马革裹尸"。我其实并无意步武马援，但是我也摭拾了这两句豪语。事后听主考的人说：第三小学的一班学生有一半要"马革裹尸"，是佳话还是笑谈也就很难分辨了。我在打草稿的时候，一时兴起，使出了周老师所传授的草书《千字文》的笔法，写得虽然说不上龙飞蛇舞，却也自觉得应手得心。正赶上局长大人亲自监考经过我的桌旁，看见我写的好大个的草书，留下了特别的印象。图画考的是自由画。我们一班最近画过一张松鹤图，记忆犹新，大家不约而同的都依样葫芦，斜着一根松枝，上面立着一只振翅欲飞的仙鹤，章法不错。我本来喜欢图画，父亲给我的芥子园画谱也发生了作用，我所画的松鹤图总算是尽力为之了。榜发之后，我和哥哥以及栾常禧君都高据榜首，荣誉属于第三小学。我得到的奖品最多，是一张褒奖状、一部成亲王的巾箱帖、一个墨盒、一副笔架以及笔墨之类。

"小时了了，大未必佳。"如今想想这话颇有道理。

---
[1] 1915年。编者注。

记得当时年纪小

我十岁的时候进高小,北京朝阳门内南小街新鲜胡同京师公立第三小学校。越是小时候的事情,越是记得清楚。前几年一位无名氏先生寄我一张第三小学的大门口的照片,完全是七十多年前的样子,一点也没变。我看了之后,不知是欢喜还是惆怅,总之是别有一番滋味在心头。我猜想到这位无名氏先生是谁,因为他是我的第三小学的同学,虽然先后差了好几十年。我曾写过一篇小文《我在小学》,收在《秋室杂忆》里,提到教我唱歌的时老师。现在再谈谈我小时候唱歌的情形。

我的启蒙的第一首歌是《春之花》。调子我还记得,还能哼得上来,歌词却记不得了。头两句好像是:"春光明媚好花开,如诗如画如锦绣。"唱歌是每周一小时,总在下午,摇铃前两名工友抬进教室一架小小的风琴。当时觉得风琴是很奇妙的东西,老师用两脚踏着两块板子,鼓动风箱,两手按键盘,其声呜呜然,成为各种调子。《春之花》的调子很简单,记得只有六句,重叠反复,其实只有三句,但是很好听。老师扯着沙哑的嗓音,先唱一遍,然后他唱一句,全班跟着唱一句,然后再全首歌唱一遍,全班跟着全首歌唱一遍。唱过三五遍,摇铃下课了,校工忙着把风琴抬出去。这风琴是一宝,各班共用,学生们不准碰一下的。

唱歌这一堂课最轻松,课前不要准备,扯着喉咙吼就行。老师也不点名,也不打分数考试。唱歌和手工一课都是我们最欢迎的,而且老师都很和蔼。

有一首歌,调子我也记得,歌词记得几句,是这样开始的:

>亚人应种亚洲田,
>黄种应享黄海权,
>　青年,青年,
>切莫同种自相残,
>坐教欧美着先鞭!
>不怕死,不爱钱,
>丈夫决不受人怜。
>　…………

这首歌声调比《春之花》雄壮,唱起来满有劲的,但是不大懂词的意义。是谁"同种相残"?这歌是日本人作的,还是中国人作的,用意何在?怎么又冒出"不怕死,不爱钱"的话?何谓"不受人怜"?老师不讲解,学生也不问,我一直糊涂至今。但是这首歌我忘不了。

还有所谓军歌，也是学生们喜欢学着唱的。当时有些军队驻扎在城里，东城根儿禄米仓就是一个兵营，一队队的兵常出来在大街小巷里快步慢步的走，一面走还一面唱。我是一放学就回家，不在街上打滚，所以很少遇到队伍唱歌，可是间接的也听熟了军歌的几个片断，如：

> 三国战将勇，
> 首推赵子龙，
> 长坂坡前逞英雄。
> 还有张翼德，
> 他奶奶的硬是凶，
> 哇啦哇啦吼两声，
> 吓退了百万兵。
> …………

歌词很粗浅，合于一般大兵的口味，也投小学生的喜爱，我常听同学们唱军歌，自己也不禁的有时哼两句。

我十四岁进清华中等科，一年级还有音乐，好像是一种课外活动。教师是一位美国人 Miss Seeley（西利女士），丰姿绰约，是清华园里出色的人物。她教我们唱歌，首先是唱校歌，校歌是英

/ 辑三 /
记得当时年纪小

文字,也有中译,但是从来没有人用中文唱校歌。我不喜欢用英文唱校歌,所以至今我记不得怎样唱了。可是我小时嗓音好,调门高,经过测验就被选入幼年歌唱团,有一次还到城里青年会作过公开演奏会。同班的应尚能有音乐天才,唱低音,那天在青年会他涂黑了脸饰一黑人,载歌载舞,口里唱着:

It's nice to get up

Early in the morning,

But, it's nicer

To lie in bed.[①]

满堂喝彩,掌声如雷,那盛况至今如在目前。我不久倒嗓喑哑不成声,遂对唱歌失去兴趣。有些同学喜欢星期日参加一些美国教师家里的查经班,于是 *Onward Christian soldiers, Marching as to War*(基督教士兵,向战争进军)之类的歌声洋洋乎盈耳。《一百零一首名歌》在清华园里也不时的荡漾起来。这皆非我之所好。我乃渐渐的成为兰姆所谓"没有耳朵的人"。

抗战时期,我已近中年,中年人还唱什么歌?寓处附近有小学,小学生的歌声不时的传送过来,像《义勇军进行曲》那首进行曲,听的回数太多了,没人教也会唱。还有一首歌我常听小学生们

---

① 是时候早起了,但躺被窝里好像更舒服。编者注。

唱，我的印象很深：

"张老三，我问你：
你的家乡在哪里？"
"我的家，在山西，
过河还有二十里。"
"张老三，我问你：
种田还是做生意？"

这样的一问一答，张老三终于供出他是布商，而且囤积了不少布匹，盈得不少暴利，于是这首歌的最后几句是：

一大批，一大批，
囤积在家里。
你是坏东西，
你是该枪毙！

这首歌大概对于囤积居奇的奸商以及一般人士发生不小的影响。

抗战期间也有与抗战无关的歌大为流行。例如《教我如何不想她》，虽说是模仿旧曲《四季相思》的意思，格调却是新的，抑扬顿挫，风靡一时。使我最难忘的是《记得当时年纪小》一首小歌，作者黄自是清华同学。我学唱这首歌是在一个温暖的季秋时节，在重庆南岸海棠山坡上，经朋友指点，反覆唱了好几遍，事隔数十年，仍然萦绕在耳边。

上文发表后，引起几位读者兴趣，或来书指正，或予补充。

平群先生和刘清华先生分别告诉我《黄族应享黄海权》那首歌的全本是这样写的：

> 黄族应享黄海权，
> 亚人应种亚洲田。
> 青年，青年，
> 切莫同种自相残，
> 坐教欧美着先鞭。
> 不怕死，不爱钱，
> 丈夫决不受人怜。
> 纵洪水滔天，
> 只手挽狂澜，
> 方不负石盘铁砚，
> 后哲先贤！

我还是不大懂，教儿童唱这样的歌是什么意思。有一位来信说此歌是"九一八"以后日本人作的，我想恐怕不对，此歌流行甚早，

"九一八"是二十多年后的事。不过我也疑心到此歌作者用心不善。

小民女士来信补充了《三国战将勇》那首军歌的好几句，但是全文她也记不得了。

我最大的错误是关于《张老三》那首歌。杨沄先生来信说，《张老三》是抗战名曲《河边对口唱》，全文如下：

〔对唱〕张老三，我问你，你的家乡在哪里？
　　　　我的家，在山西，过河还有三百里。
　　　　我问你，在家里，种田还是做生意？
　　　　拿锄头，耕田地，种的高粱和玉米。
　　　　为什么，到此地，河边流浪受孤凄？
　　　　痛心事，莫提起，家破人亡无消息。
　　　　张老三，莫伤悲，我的命运不如你。
　　　　为什么，王老七，你的家乡在何地？
　　　　在东北，做生意，家乡八年无消息。
　　　　这该说，我和你，都是有家不能回。

〔合唱〕仇和恨，在心里，奔腾如同黄河水！
　　　　黄河边，定主意，咱们一同打回去！
　　　　为国家，当兵去，太行山上打游击！
　　　　从今后，我和你，一同打回老家去！

/ 辑三 /
记得当时年纪小

据杨先生说这歌曲是《黄河大合唱》中的一段，乃光未然（即张光年）作词，冼星海作曲，于民国二十八年[①]在延安完成，此曲在台湾为禁歌。显然的不是我文中所谓打击囤积的奸商的歌，我之所以有此错误，乃因这不是我童年唱过的歌，而是后来听孩子们常唱的，其歌唱的调子又好像和那打击奸商的歌有些相近，所以我就把两个歌联在一起了。

我的女儿文蔷来信告诉我，打击奸商的歌她是唱过的，其歌词大概是这样的：

你、你、你、你这个坏东西，

世面上日常用品不够用，

你一大批，一大批，囤积在家里！

只为你，发财肥自己，

别人的痛苦你全不理，

你这坏东西，你这坏东西，

真是该枪毙！

嗨！你这坏东西！

嗨！你真该枪毙！

一九八六年十二月八日补记

[①] 1939 年。编者注。

一九八七年四月四日台湾的《中华日报》副刊王令娴女士一篇文章也提到《你这个坏东西》这首歌，记得更完全，如下：

> 你、你、你、你这个坏东西！
> 市面上日常用品不够用哟，
> 你一大批，一大批，
> 囤集在家里。
> 只管你发财，肥了自己，
> 别人的痛苦，你是全不理。
> 坏东西，坏东西，
> 囤集居奇，捣乱金融，破坏抗战，
> 都是你！
> 你的罪名和汉奸一样的。
> 别人在抗战里，
> 出钱又出力唷！
> 只有你，整天的在钱上打主意。
> 想一想，你自己，
> 是要钱做什么呢！
> 到头来你一个钱也带不进棺材里。
> 你这个坏东西，
> 真是该枪毙！
> 嘿，你这个坏东西，
> 嘿！真是该枪毙！

清华八年

一

我自民国四年[1]进清华学校读书，民国十二年[2]毕业，整整八年的工夫在清华园里度过。人的一生没有几个八年，何况是正在宝贵的青春？四十多年前的事，现在回想已经有些模糊，如梦如烟，但是较为突出的印象则尚未磨灭。有人说，人在开始喜欢回忆的时候便是开始老的时候。我现在开始回忆了。

民国四年，我十四岁，在北京新鲜胡同京师公立第三小学毕业，我的父亲接受朋友的劝告，要我投考清华学校。这是一个重大的决定，因为这个学校远在郊外，我是一个古老的家庭中长大的孩子，从来没有独自在街头闯荡过，这时候要捆起铺盖到一个陌生的地方去住，不是一件平常的事，而且在这个学校经过八年之后，便要漂洋过海离乡背井到新大陆去负笈求学，更是难以设想的事。所以父亲这一决定下来，母亲急得直哭。

---

[1] 1915年。编者注。
[2] 1923年。编者注。

清华学校在那时候尚不大引人注意。学校的创立乃是由于民国纪元前四年,美国老罗斯福总统决定退还庚子赔款半数,指定用于教育用途,意思是好的,但是带着深刻的国耻的意味。所以这学校的学制特殊,事实上是留美预备学校,不由教育部管理,校长由外交部派。每年招考学生的名额,按照各省分担的庚子赔款的比例分配。我原籍浙江杭县,本应到杭州去应试,往返太费事,而且我家寄居北京很久,也可算是北京的人家,为了取得法定的根据起见,我父亲特赴京兆大兴县署办理入籍手续,得到准许备案,我才到天津(当时直隶省会)省长公署报名。我的籍贯从此确定为京兆大兴县,即北京。北京东城属大兴,西城属宛平。

那一年直隶省分配名额为五名,报名应试的大概是三十几个人,初试结果取十名,复试再遴选五名。复试由省长朱家宝亲自主持。此公夙来喜欢事必躬亲,不愿假手他人,居恒有一颗闲章,文曰:"官要自作"。我获得初试入选的通知以后就到天津去谒见省长。十四岁的孩子几曾到过官署?大门口的站班的衙役一声吆喝,吓我一大跳,只见门内左右站着几个穿宽袍大褂的衙役垂手肃立。我逡巡走近二门,又是一声吆喝,然后进入大厅。十个孩子都到齐,有人出来点名。静静的等了一刻钟,一位面团团的老者微笑着踱了出来,从容不迫的抽起水烟袋,逐个的盘问我们几句话,无非是姓甚、名谁、几岁、什么属性之类的淡话。然后我们围桌而坐,各有毛笔、纸张放在面前,写一篇作文,题目是《孝悌为人之本》。

/ 辑三 /

记得当时年纪小

这个题目我好像从前作过，于是不假思索援笔立就，总之是一些陈词滥调。

过后不久榜发，榜上有名的除我之外有吴卓、安绍芸、梅贻宝及一位未及入学即行病逝的应某。考取学校总是幸运的事，虽然那时候我自己以及一般人并不怎样珍视这样的一个机会。

就是这样我和清华结下了八年的缘分。

二

八月末，北京已是初秋天气，我带着铺盖到清华去报到，出家门时母亲直哭，我心里也很难过。我以后读英诗人 Cowper（古伯）的传记时之特别同情他，即是因为我自己深切体验到一个幼小的心灵在离开父母出外读书时的那种滋味——说是"第二次断奶"实在不为过。第一次断奶固然苦痛，但那是在孩提时代，尚不懂事，没有人能回忆自己断奶时的懊恼，第二次断奶就不然了，从父母身边把自己扯开，在心里需要一点气力，而且少不了一阵辛酸。

清华园在北京西郊外的海甸的西北。出西直门走上一条漫长的马路，沿途有几处步兵统领衙门的"堆子"，清道夫一铲一铲的在道上洒黄土，一勺一勺的在道上泼清水，路的两旁是铺石的路，专给套马的大敞车走的。最不能忘的是路边的官柳，是真正的垂杨柳，好几丈高的丫杈古木，在春天一片鹅黄，真是柳眼挑金。更动人的时节是在秋后，柳丝飘拂到人的脸上，一阵阵的蝉噪，夕阳古道，情景幽绝。我初上这条大道，离开温暖的家，走向一个新的环境，心里不知是什么滋味。

海甸是一小乡镇，过仁和酒店微闻酒香，那一家的茵陈酒"莲花白"是有名的，再过去不远有一个小石桥，左转趋颐和园，右转经圆明园遗址，再过去就是清华园了。清华园原是清室某亲贵的花园，大门上"清华园"三字是大学士那桐题的，门并不大，有两扇铁栅，门内左边有一棵状如华盖的老松，斜倚有态，门前小桥流水，桥头上经常系着几匹小毛驴。

园里谈不到什么景致，不过非常整洁，绿草如茵，校舍十分简朴，但是一尘不染。原来的一点点中国式的园林点缀保存在"工字厅""古月堂"，尤其是工字厅后面的荷花池。徘徊池畔，有"风来荷气，人在木阴"之致。塘坳有亭翼然，旁有巨钟为报时之用。池畔松柏参天，厅后匾额上的"水木清华"四字确是当之无愧。又有长联一副："槛外山光，历春夏秋冬，万千变幻，都非凡境。窗中云影，任东西南北，去来澹荡，洵是仙居。"（祁嶲藻书）我在这个地方不知道消磨了多少黄昏。

西园榛莽未除，一片芦蒿，但是登土山西望，圆明园的断垣残石历历可见，俯仰苍茫，别饶野趣。我记得有一次郁达夫特来访问，央我陪他到圆明园去凭吊遗迹，除了那一堆石头，什么也看不见了，所谓"万园之园"的四十美景只好参考后人画图于想象中得之。

三

　　清华分高等科、中等科两部分。刚入校的便是中等科的一年级生。中等四年，高等四年，毕业后送到美国去，这两部分是隔离的，食、宿、教室均不在一起。

　　学生们是来自各省的，而且是很平均的代表着各省，因此各省的方言都可以听到。我不相信除了清华之外，有任何一个学校其学生籍贯是如此的复杂。有些从广东、福建来的，方言特殊，起初与外人交谈不无困难，不过年轻的人学语迅速，稍后亦可适应。由于方言不同，同乡的观念容易加强，虽无同乡会的组织，事实上一省的同乡自成一个集团。我是北京人，我说国语，大家都学着说国语，所以我没有方言，因此我也就没有同乡观念。如果我可以算得是北京土著，像我这样的土著，清华一共没有几个（原籍满族的陶世杰、原籍蒙古族的杨宗瀚都可以算是真正的北京人）。北京也有北京的土语，但是从这时候起我就和各个不同省籍的同学交往，我只好抛弃了我的土语的成分，养成使用较为普通的国语的习惯。我一向不参加同乡会之类的组织，同时我也没有浓厚的乡土观念，因为我在这样的环境有过八年的熏陶，凡是中国人都是我的同乡。

　　一天夜里下大雪，黎明时同屋的一位广东同学大惊小怪的叫了起来："下雪啦！下雪啦！"别的寝室的广东同学也出来奔走相告，一个个从箱里取出羊皮袍穿上，但是里面穿的是单布裤子！

　　有一位从厦门来的同学，因为言语不通没人可以交谈，孤独郁闷而精神失常，整天用英语喊叫"我要回家！我要回家！"高等科有一位是他的同乡，但是不能时常来陪伴他。结果这位可怜的孩子被遣送回家了。

我是比较幸运的，每逢星期日，我缴上一封家长的信便可获准出校返家，骑驴抄小径，经过大钟寺，到西直门，或是坐一小时的人力车遵大道进城。在家里吃一顿午饭，不大工夫夕阳西下又该回学校去了。回家的手续是在星期六晚办妥的，领一个写着姓名的黑木牌，第二天交到看守大门的一位张姓老头儿的手里，才得出门。平常是不准越大门一步的。但是高等科的同学们，和张老头打个招呼，也可以出门走走，买点什么鸭梨、柿子、烤白薯之类的东西。

新生是一群孩子，我这一班里以项君为最矮小，有一回他掉在一只大尿桶里几乎淹死。二三十年后我在天津遇到他，他已经任一个银行的经理，还是那么高，想起往事不禁发出会心的微笑。

新生的管理是很严格的。斋务主任陈筱田先生是个了不起的人物，天津人，说话干脆而尖刻，精神饱满，认真负责。学生都编有学号，我在中等科时是五八一，在高等科时是一四九，我毕业后十几年在南京车站偶然遇到他，他还能随口说出我的学号。每天早晨七点打起床钟，赴盥洗室，每人的手巾、脸盆都写上号码，脏了要罚。七点二十分吃早饭，四碟咸菜如萝卜干、八宝菜之类，每人三个馒头，稀饭不限。饭桌上，也有各人的学号，缺席就要记下处罚。脸可以不洗，早饭不能不去吃。陈先生常常躲在门后，

/ 辑三 /
记得当时年纪小

拿着纸笔把迟到的一一记下，专写学号，一个也漏不掉。我从小就有早起的习惯，永远在打钟以前很久就起床，所以从不误吃早饭。

学生有久久不写平安家信以致家长向学校查询者，因此学校规定每两星期必须写家信一封，交斋务室登记寄出。我每星期回家一次，应免此一举，但格于规定仍须照办。我父亲说这是很好的练习小楷的机会，特为我在荣宝斋印制了宣纸的信笺，要我恭楷写信，年终汇订成册，留作纪念。

学生身上不许带钱，钱要存在学校银行里，平常的零用钱可以存少许在身上，但一角钱一分钱都要记账，而且是新式簿记，有明细账，有资产负债对照表，月底结算完竣要呈送斋务室备核盖印然后发还。在学校用钱的机会很少，伙食本来是免费的，我入校的那一年才开始收半费，每月伙食是六元半，我交三元，在我以后就是交全费的了，洗衣服每月二元，这都是在开学时交清了的。理发每次一角，手术不高明，设备也简陋，有一样好处——快，十分钟连揪带拔一定完工。（我的朋友张心一来自甘肃，认为一角钱太贵，总是自剃光头，青白油亮，只是偶带刀痕。）所以花钱只是买零食。校内有一个地方卖日用品及食物，起初名为嘉华公司，后改称为售品所，卖豆浆、点心、冰淇凌、花生、栗子之类。只有在寝室里可以吃东西，在路上走的时候吃东西是被禁止的。

洗澡的设备很简单，用的是铅铁桶，由工友担冷热水。孩子们很多不喜欢亲近水和肥皂，于是洗澡便需要签名，以备查核。规定一星期洗澡至少两次，这要求并不过分，可是还是有人只签名而不洗澡。照规定一星期不洗澡予以警告，若仍不洗澡则在星期五下午四时周会（名为伦理演讲）时公布姓名，若仍不洗澡则强制执行，派员监视。以我所知，这规则尚不曾实行过。

看小说也在禁止之列。小说是所谓"闲书"，据说是为成年人消遣之用，不是诲淫就是诲盗，年轻人血气未定，看了要出乱子的。可是像《水浒》《红楼》之类我早就在家里看过，也是偷着看的，看到妙处心里确是怦怦然。

我到清华之后，经朋友指点，海甸有一家小书店可以买到石印小字的各种小说。我顺便去了一看，琳琅满目，如入宝山，于是买了一部《绿牡丹》。有一天晚上躺在床上偷看，字小，纸光，灯暗，倦极抛卷而眠，翌晨起来就忘记从枕下捡起，斋务先生查寝室，伸手一摸就拿走了。当天就有条子送来，要我去回话，我还不知道是什么事。只见陈先生铁青着脸，把那本《绿牡丹》往我面前一丢，说："这是嘛？""嘛"者，天津话"什么"也。我的热血涌到脸上，无话可说，准备接受打击。也许是因为我是初犯，而且并无其他前科，也许是因为我诚惶诚恐俯首认罪，使得惩罚者消了不少怒意，我居然除了受几声叱责及查获禁书没收之外没有受到惩罚。依法，这种罪过是要处分的，应于星期六下午大家自由活动之际被罚禁闭，地点在"思过室"。这种处分是最轻微的处分，在思过室里静坐几小时，屋里壁上满挂着格言，所谓"闭门思过"。

凡是受过此等处分的，就算是有了纪录，休想再能获得品行优良奖的大铜墨盒。我没进过思过室，可是也从来没有得过大铜墨盒，可能是受了《绿牡丹》事件的影响。我们对于得过墨盒的同学们既不嫉妒亦不羡慕，因为人人心里明白那个墨盒的代价是什么，并且事后证明墨盒的得主将来都变成了什么样的角色。

思过是要牌示的，若干次思过等于记一小过，三小过为一大过，三大过则恶贯满盈实行开除。记过开除之事在清华随时有之，有时候一向品学兼优的学生亦不能免于记过。比我高一班的潘光旦曾告诉我他就被记小过一次，事由是他在严寒冬夜不敢外出如厕，就在寝室门外便宜行事。事有凑巧，陈斋务主任正好深夜巡查，迎面相值当场查获。当时未交一语，翌日挂牌记过。光旦认为这是很有趣的一件事，从不讳言。中等科的厕所（绰号九间楼）在夜晚是没有人敢去的，面临操场，一片寂寥，加上狂风怒吼，孩子们是有一点怕。最严重的罪过是偷窃，一经破获，立刻开除。有时候拿了人家的一本字典或是拿了人家一匹夏布，都要受最严重的处分。趁上课时扃闭寝室通路，翻箱倒箧实行突检，大概没有窃案不被破获的。虽然用重典，总还有人要蹈法网。有些学生被当做"线民"使用，负责打小报告。这种间谍制度后来大受外国教员指责，不久就废弃了。做线民的大概都是得过墨盒的。

清华对于年幼的学生还有过一阵的另一训导制度，三五个年幼的学生配给一个导师，导师由高等科的大学生担任之，每星期聚会一次，在生活上予以指导。指导我的是一位沈雋淇先生，大概比我大七八岁，道貌岸然，不苟言笑。这制度用意颇佳，但滞碍难行，因为硬性配给，不免扞格。此制行之不久即废，沈雋淇先生毕业后我也从来没听见过他的消息。

严格的生活管理只限于中等科，我们事后想想，像陈筱田先生所执行的那一套管理方法，究竟是利多弊少，许多做人做事的道理，本来是应该在幼小的时候就要认识。许多自然主义的教育信仰者，以为儿童的个性应该任其自由发展，否则受了摧残以后，便不得伸展自如。至少我个人觉得我的个性没有受到压抑以至于以后不能充分发展。我从来不相信"树大自直"。等我们升到高等科，一切管理松弛多了，尤其是正值"五四运动"之后，学生的气焰万丈，谁还能管学生？

四

清华是预备留美的学校，所以课程的安排与众不同，上午的课如英文、作文、公民（美国公民）、数学、地理、历史（西洋史）、生物、物理、化学、政治学、社会学、心理学……都一律用英语讲授，一律用美国出版的教科书；下午的课如国文、历史、地理、修身、哲学史、伦理学、修辞、中国文学史……都一律用国语，用中国的教科书。这样划分的目的，显然的要加强英语教学，使学生多得听说英语的机会。上午的教师一部分是美国人，一部分是能说英语的中国人。下午的教师是一些中国的老先生，好多都是在前清有过功名的。但是也有流弊，重点放在上午，下午的课就显得稀松。尤其是在毕业的时候，上午的成绩需要及格，下午的成绩则根本不在考虑之列。因此大部分学生轻视中文的课程。这是清华在教育上最大的缺点，不过鱼与熊掌不可得兼，顾了英文就不容易再顾中文，这困难的情形也是可以理解的。可惜的是学校没有想出更合理的办法，同时对待中文教师之差别待遇也令学生生出很奇异的感想，薪给特别低，集中住在比较简陋的古月堂，显然中文教师是不受尊重的。这在学生的心理上有不寻常的影响，一方面使学生蔑视本国的文化，崇拜外人，另一方面激起反感，对于洋人偏偏不肯低头。我个人的心理反应即属于后者，我下午上课从来不和先生捣乱，上午在课堂里就常不驯顺。而且我一想起母校，我就不能不联想起庚子赔款、义和团、吃教的洋人、昏聩的官吏……这一连串的联想使我惭愧、愤怒。我爱我的母校，但这些联想如何能使我对我母校毫无保留的感觉骄傲呢？

清华特别注重英文一课，由于分配的钟点特多，再加上午其他各课亦用英语讲授，所以平均成绩可能较一般的学校略胜。使用的教本开始时是《鲍尔文读本》，以后就由浅而深的选读文学作品，如《阿丽斯异乡游记》《陶姆·伯朗就学记》《柴斯·菲德训子书》《金银岛》《欧文杂记》，阿迪生的《洛杰爵士杂记》，霍桑的《七山墙之屋》，《块肉余生述》《朱立阿·西撒》《威尼斯商人》，等等。前后八年教过我英文的老师有马国骥先生、林语堂先生、孟宪承先生、巢堃霖先生，美籍的有 Miss Beader（贝德女士），Miss Clemens（克莱门斯女士），Mr.Smith（史密斯先生）等。马、林、孟三位先生都是当时比较年轻的教师，不但学问好，教法好，而且热心教学，是难得的好教师。巢先生是在英国受教育的，英文根底极好。我很惭愧的是我曾在班上屡次无理捣乱反抗，使他很生气。但是我来台湾后他从香港寄信给我，要我到香港大学去教中文。我感谢这位老师尚未忘记几十年前的一个顽皮的学生。两位美籍的女教师使我特殊受益的倒不在英文训练，而在她们教导我们练习使用"议会法"，这一套如何主持会议、如何进行讨论、如何交付表决等等的艺术，以后证明十分有用。这也就是孙中山先生所谓的"民权初步"。在民主社会里到处随时有集会，怎么可以不懂集会的艺术？我幸而从小就学会了这一套，以后受用不浅，以后每逢我来主持任何大小会议，我知道如何控制会场秩序，如何迅速的处理案件的讨论。她们还教了我们作文的方法，题目到手之后，怎样先作大纲，怎样写提纲挈领的句子，有时还要把别人的文章缩写成为大纲，有时从一个大纲扩展成为一篇文章，这一切其实就是思想训练，所以不仅对英文作文有用，对国文也一样的有用。我的文章写得不好，但如果层次不太紊乱，思路不太糊涂，其得力处在此。美国的高等学校大概就是注重此种教学方法，清华在此等处模仿美国，是有益的。

上午的所有课程有一特色,即是每次上课之前学生必须作充分准备,先生指定阅览的资料必须事先读过,否则上课即无从听讲或应付。上课时间用在练习讨论者多,用在讲解者少,同时鼓励学生发问。我们中国学生素来没有当众发问的习惯,美籍教师常常感觉困惑,有时指名发问令其回答,造成讨论的气氛。美国大学里的课外指定阅读的资料分量甚重,所以清华先有此种准备,免得到了美国顿觉不胜负荷。我记得到了高等科之后,先生指定要读许多参考书,某书某章必须阅读,我们在图书馆未开门之前就排了长龙,抢着阅读参考书架上的资料,迟到者就要等候。

　　我的国文老师中使我获益最多的是徐镜澄先生,我曾为文纪念过他(见《秋室杂文》)。他在中等科教我作文一年,批改课业大勾大抹,有时全页都是大墨杠子,我几千字的文章往往被他删削得体无完肤,只剩下三二百字。我始而懊恼,继而觉得经他勾改之后确实是另有一副面貌,终乃接受了他的"割爱主义":写文章少说废话,开门见山;拐弯抹角的地方求其挺拔,避免阘茸。

　　午后的课程大致不能令学生满意。学校聘请教员只知道注意其有无举人、进士的头衔,而不问其是否为优良教师。尤其是"五四"以后的几年,学生求知若渴,不但要求新知,对于中国旧学问也要求用新眼光来处理。比我低一班的朱湘先生就跑到北大旁听去了。清华午后上课情形简直是荒唐!先生点名,一个学生可以代替许多学生答到,或者答到之后就开溜,留在课室者可以写信、看小说甚至打瞌睡,而先生高踞讲坛视若无睹。我记得清清楚楚,有一位叶先生年老而无须,有一位学生发问了:"先生,你为什么不生胡须?"先生急忙用手遮盖他的下巴,缩颈俯首而不答,全班哄笑。这一类不成体统的事不止一端。

于此我不能不提到梁任公先生。大概是我毕业前一年,我们几个学生集议想请他来演讲。他的大公子梁思成是我同班同学,梁思永、梁思忠也都在清华,所以我们经过思成的关系一约就成了。任公先生的学问、事业是大家敬仰的,尤其是他心胸开朗,思想赶得上潮流,在"五四"以后俨然是学术重镇。他身体不高,头秃,双目炯炯有光,走起路来昂首阔步,一口广东官话,声如洪钟。他讲演的题目是《中国韵文里表现的情感》。他情感丰富,记忆力强,用手一敲秃头便能背诵出一大段诗词,有时手之舞之足之蹈之,有时口沫四溅涕泗滂沱,频频的从口袋里掏出一块大毛巾来揩眼睛。这篇演讲分数次讲完,有异常的成功,我个人对中国文学的兴趣就是被这一篇演讲所鼓动起来的。以前读曾毅《中国文学史》,因为授课的先生只是照着书本读一遍,毫无发挥,所以我越读越不感兴趣。任公先生以后由学校聘请,住在工字厅主讲"中国历史研究法",更以后清华大学成立,他被聘为研究所教授,那是后话了。

还有些位老师我也是不能忘记的。教音乐的 Miss Seeley(西利女士)和教图画的 Miss Starr(斯塔尔女士)和 Miss Lyggate(里格卡特女士)都启迪了我对艺术的爱好。我本来喉音不坏,被选

/ 辑三 /
记得当时年纪小

为"少年歌咏团"的团员,一共十二个人,除了我之外有赵敏恒、梅旸春、项谔、吴去非、李先闻、熊式一、吴鲁强、胡光澄、杜钟珩、郭殿邦等。我的嗓音最高,曾到城里青年会表演过一次 Human Piano("人造钢琴"),我代表最高音。以后我倒了嗓子,同时 Seeley(西利)女士离校后也没有人替其指导,我对音乐便失去了兴趣,没有继续修习,以至于如今对于音乐几乎完全是个聋子,中国音乐不懂,外国音乐也不通,变成了一个"内心没有音乐的人",想起来实在可怕。讲到国画,我从小就喜欢,涂抹几笔是可以的,但无天才。清华的这两位教师给我的鼓励太多了,要我画炭画,描石膏像。记得最初是画院里的一棵松树,从基本上学习,但我没有能持续用功。我妄以为在小学时即已临摹王石谷、恽南田,如今还要回过头来画这些死东西?自以为这是委屈了我的才能,其实只是狂傲无知。到如今一点基本的功夫都没有,还谈得到什么用笔用墨?幼年时对艺术有一点点爱好,不值什么,没加上苦功,便毫无可观,我便是一例。

我不喜欢的课是数学。在小学时"鸡兔同笼"就已经把我搅昏了头,到清华习代数、几何、三角,更格格不入,从心理厌烦,开始时不用功,以后就很难跟上去,因此视数学课为畏途。我的一位同学孙筱孟比我更怕数学,每回遇到数学月考大考,他一看到题目就好像是"贾宝玉神游太虚幻境"一般,匆匆忙忙回寝室换裤子,历次不爽。我那时有一种奇异的想法,我将来不预备习理工,要这劳什子做什么？以"兴趣不合"四个字掩饰自己的懒惰、愚蠢。数学是人人要学的，人人可以学的，那是一种纪律，无所谓兴趣之合与不合。后来我和赵敏恒两个人同在美国一个大学读书，清华的分数单上数学一项都是勉强及格六十分，需要补修三角与立体几何。我们一方面懊恼，一方面引为耻辱，于是我们两个拼命用功，结果我们两个在全班上占第一、第二的位置，大考特准免予参加，以"甲上"成绩论。这证明什么？这证明没有人的兴趣是不近数学的，只要按部就班的用功，再加上良师诱导，就会发觉里面的趣味，万万不可任性，在学校里读书时万万不可相信什么"趣味主义"。

生物、物理、化学三门并非全是必修，预备习文法的只要修生物即可，这一规定也害我不浅。我选了比较轻松的生物。教我们生物的陈隽人先生，他对我们很宽，我在实验室里完全把时间浪费了。我怕触及蚯蚓、田鸡之类的活东西，闻到珂罗芳的味道就头痛，把蛤蟆四肢钉在木板上开刀取心脏是我最怵的事，所以总是请同学代为操刀，敷衍了事。物理、化学根本没有选修，至今引为憾事。

我的手很笨拙，小时候手工一向很坏，编纸、插豆、泥工、竹工的成绩向来羞于见人。清华亦有手工一课，教师是周永德先生。有一次，他要我们每人做一个木质的方锥体，我实在做不好，就借用同学徐宗沛所做的成品去搪塞交上。宗沛的手是灵巧的，他的方锥体做得方方正正、有棱有角，周先生给他打了个九十分。我拿同一个作品交上去，他对我有偏见，仅打了七十分，我不答应，我自己把真相说穿。周先生大怒，说我不该借用别人的作品。我说："我情愿受罚，但是先生判分不公，怎么办呢？"先生也笑了。

五

清华对于体育特别注重。

每早晨第二堂与第三堂之间有十五分钟的柔软操。钟声一响，大家涌到一个广场上，地上有写着号码的木桩，各按号码就位立定，由舒美科先生或马约翰先生领导活动，由助教过来点名。这十五分钟操，如果认真做，也能浑身冒汗。这是很好的调剂身心的办法。

下午四时至五时有一小时的强迫运动。届时所有的寝室、课室房门一律上锁，非到户外运动不可，至少是在外面散步或看看别人运动。我是个懒人，处此情形之下，也穿破了一双球鞋，打烂了三五只网球拍，大腿上被棒球打黑了一大块。可惜到了高等科就不再强迫了。经常运动有助于健康，不，是健康之绝对的必需的条件，而且身体的健康，也必有助于心理的健康。年轻时所获致的健康也是后来求学做事的一笔资本。那时清华的一般的学生比较活泼一些，少老气横秋的态度，也许是运动比较多一点的缘故。

学生们之普遍的爱好运动的习惯之养成是一件事，选拔代表与别的学校竞赛则是又一件事。清华对于选手的选拔、培养与爱护也是做得很充分的。选手要勤练习，体力耗损多，食物需要较高的热量，于是在食堂旁边另设"训练桌"，大鱼大肉，四盘四碗，同学为之侧目。运动员之德、智、体三育均优者固然比比皆是，但在体育方面畸形发展的亦非绝无仅有。有一位玩球的健将就是功课不够理想，但还是设法留在校内以便为校立功，这种恶劣的作风是大家都知道的。

清华的运动员给清华带来不少的荣誉，在各种运动比赛中总是占在领导的位置。在最初的几次远东运动会中，清华的选手赢得不少锦标，为国家争取光荣。我记得最清楚的是一场足场赛和一场篮球赛。上海南洋大学的足球队在华中称雄，远征华北，以清华为对象。大家都觉得胜败未可逆料，不无惴惴。清华的阵容是：前锋徐仲良、姚醒黄、关颂韬、华秀升、邝××，后卫之一是李汝祺，守门是董大酉。这一战打得好精彩！徐仲良脚头有劲，射门准而急，关颂韬最会盘球，三两个人奈何不得他，冲锋陷阵如入无人之境，结果清华以逸待劳，侥幸大胜。这是在星期六下午举行的，星期一补放假一天以资庆祝，这是什么事！另一场篮球赛是对北师大。北师大在体育方面也是人才辈出，篮球队中一位魏先生尤负盛名。北师大和清华在篮球不相上下，可说势均力敌。清华的阵容是：前锋有时昭涵、陈崇武，后卫有孙立人、王国华。以这一阵容为基本的篮球队曾打垮菲律宾、日本的代表队。鏖战的结果，清华占地利因而险胜，孙立人、王国华的截球之稳练不能不令人叹为观止。附带提起，现在台湾的程树仁先生也是清华的运动健将，他继曹懋德为足球守门，举臂击球，比用脚踢还打得远些。他现在年近七十而强健犹昔，是清华的体育精神的代表。

清华毕业时照例要考体育，包括田径、爬绳、游泳等项。我平常不加练习，临考大为紧张，马约翰先生对于我的体育成绩只是摇头太息。我记得我跑四百码的成绩是九十六秒，人几乎晕过去；一百码是十九秒。其他如铁球、铁饼、标枪、跳高、跳远都还可以勉强及格。游泳一关最难过。清华有那样好的游泳池，按说有好几年的准备应该没有问题，可惜是这好几年的准备都是在陆地上，并未下过水里，临考只得舍命一试。我约了两位同学各持竹竿站在两边，以备万一。我脚踏池边猛然向池心一扑，这一下就浮出一丈开外，冲力停止之后，情形就不对了。原来水里也有地心吸力，全身直线下沉。喝了一大口水之后，人又浮到水面；尚未来得及喊"救命"，已经再度下沉。这时节两根竹竿把我挑了起来，成绩是不及格，一个月后补考。这一个月我可天天练习了，好在不止我一人，尚有几位陪伴我。补考的时候也许是太紧张，老毛病又发了，身体又往下沉。据同学告诉我，我当时在水里扑腾得好厉害，水珠四溅，翻江倒海一般，否则也不会往下沉。这一沉，沉到了池底，我摸到大理石的池底，滑腻腻的。我心里明白，这一回只许成功不许失败，便在池底连爬带游的前进，喝了几口水之后，头已露出水面，知道快泳完全程了，于是从从容容来了几下子蛙式泳，安安全全的跃登彼岸。马约翰先生笑得弯了腰，挥手叫我走，说："好啦，算你及格了。"这是我毕业时极不光荣的一个插曲。我现在非常悔恨，年轻时太不知道重视体育了。

《故都乡情》

　　北平，历元、明、清以至民初，都是首都所在地。辇毂下人文荟萃，其间风土人情可记之处自不在少。明刘侗、于奕正合撰《帝京景物略》，清乾隆敕撰《日下旧闻考》，都是翔实的记载。晚清的《燕京岁时记》，以及抗战前北平研究院编的《北平风俗类征》，更是取材广博，巨细靡遗。后来，寓居台湾人士每多故乡之思，而怀念北平者尤多。实因北平风物多采多姿，有令人低徊留恋而不能自已者。在这一方面之杰出的著作，我有缘拜读过的有陈鸿年的《故都风物》，郭立诚的《故都忆往》，唐鲁孙的《故园情》《中国吃》《南北看》《天下味》，皆笔致细腻，亲切动人，可读性极高。而最新出版的要数喜乐先生、小民女士贤伉俪所作之《故都乡情》，搜集北平的技艺、小贩、劳工、小吃，形形色色，一一加以介绍。其中资料全是作者亲身经验，不是录自旧闻，是以清末民初的北平社会实况为蓝本。尤其难能可贵的是，喜乐、小民对于北平各阶层有深入的了解，有许多情形不是一些北平土著都能洞晓的。而喜乐先生雅擅绘笔，力求传真，不遗细节，小民的文笔活泼文雅，图文并茂，相得益彰。

我有一点感想。大概人都爱他的故乡，离乡背井一向被认为是一件苦事。英国浪漫诗人拜伦因为行为不检不容于清议，愤而去国，身死海外，他临行时说："不是我不配居住在英国，便是英国不配让我来居住。"其言虽激，其情可悯。其实一个人远离家乡，无论是由于何种缘故，日久必有一股乡愁，一定能体会到庾子山所谓"舟楫路穷，星汉非乘槎可上；风飚道阻，蓬莱无可到之期"。我是北平人，我生长在北平，祖宗坟墓在北平，然而一去三十余年，"春秋迭代，必有去故之悲"。如今读到这部大著，乃有重涉故园之感。

人于其家乡往往有所偏爱，觉得家乡一切都比外乡的好。曾见有人怀念故乡之文，始终不说明其家乡之所在，动辄曰"我家乡的桃是如何肥美"或"我家乡的梨是如何嫩甜"，一似他的家乡所产的水果可以独步天下。其实肥城桃莱阳梨才是真正的美味，无与伦比，其他各地所产相形之下直培塿耳。我们并不讥评他的见识不广，我们宁愿欣赏他的爱乡之殷。我也曾见人为文，夸赏他的家乡的时候，引用杜工部的诗句"月是故乡明"以表达他的情意。"外国的月亮圆"固然是语无伦次，若说故乡之月较他处为明，岂不同样可嗤。案《九家注杜诗》师民瞻注云："江淹《别赋》'隔千里兮共明月'，子美工于用字，析而倒言之，故其语势尤健。"是工部乃在说故乡之月此时亦正明也，何尝有比较之意？妄引杜诗,也是由于爱乡情切,不无可原。喜乐、小民之书没有这种偏颇的毛病,北平风物之简陋处于有意无意之间毫无隐讳。

时代转移,北平也跟着变化。辛亥革命是一变,首都南迁是一变,日寇入侵是一变,而最近三十余年又是彻底翻腾的一大变。北平的社会面貌跟着有了变化,北平的风土人情也跟着有了变化,大势所趋……这并不是说北平从前有一个黄金时代。像任何城市一样,北平一直有它的一个光明面和黑暗面。不过北平的一切都在变,却是事实,变好变坏,且不必说,三十多年前,乃至五六十多年前之北平风物的老样子,现在已经不可复睹了。喜乐、小民这部书是当年北平风物的实录,令人读后无限神往。我相信,有不少读者,会像我一样,觉得时光倒流,又复置身于那个既古老又有趣、"无风三尺土,有雨一街泥"、喝豆汁、吃灌肠、放风筝、逛厂甸的北平城。

一九八二、八、十五

北平年景

过年须要在家乡里才有味道。羁旅凄凉，到了年下只有长吁短叹的分儿，还能有半点欢乐的心情？而所谓家，至少要有老小二代，若是上无双亲，下无儿女，剩下伉俪一对，大眼瞪小眼，相敬如宾，还能制造什么过年的气氛？北平远在天边，徒萦梦想，童时过年风景，尚可回忆一二。

祭灶过后，年关在迩。家家忙着把锡香炉、锡蜡签、锡果盘、锡茶托，从蛛网尘封的箱子里取出来，作一年一度的大擦洗。宫灯、纱灯、牛角灯，一齐出笼。年货也是要及早备办的，这包括厨房里用的干货，拜神祭祖用的苹果、干果等等，屋里供养的牡丹、水仙，孩子们吃的粗细杂拌儿。蜜供是早就在白云观订制好了的，到时候用纸糊的大筐篓一碗一碗装着送上门来。家中大小，出出进进，如中风魔。主妇当然更有额外负担，要给大家制备新衣、新鞋、新袜、大衫，尽管是布鞋、布袜、布大衫，总要上下一新。

祭祖先是过年的高潮之一。祖先的影像悬挂在厅堂之上，都是七老八十的，有的撇嘴微笑，有的金刚怒目，在香烟缭绕之中，享用蒸烟,这时节孝子贤孙叩头如捣蒜,其实亦不知所为何来,慎终追远的意思不能说没有,不过大家忙的是上供。拈香、点烛、磕头,紧接着是撤供,围桌吃年夜饭,来不及慎终追远。

吃是过年的主要节目。年菜是标准化了的,家家一律。人口旺的人家要进全猪,连下水带猪头,分别处理下咽。一锅炖肉,加上蘑菇是一碗,加上粉丝又是一碗,加上山药又是一碗,大盆的芥末墩儿、鱼冻儿、肉皮辣酱,成缸的大腌白菜、芥菜疙瘩,——管够。初一不动刀,初五以前不开市,年菜非囤集不可,结果是年菜等于剩菜,吃倒了胃口而后已。

"好吃不过饺子,舒服不过倒着。"这是乡下人说的话,北平人称饺子为"煮饽饽",城里人也把煮饽饽当做好东西,除了除夕消夜不可少的一顿之外,从初一至少到初三,顿顿煮饽饽,直把人吃得头昏脑涨。这种疲劳填充的方法颇有道理,可以使你长期的不敢再对煮饽饽妄动食指,直等到你淡忘之后明年再说。除夕消夜的那一顿,还有考究,其中一只要放一块银币,谁吃到那一只主交好运。家里有老祖母的,年年是她老人家幸运的一口咬到,谁都知道其中作了手脚,谁都心里有数。

孩子们须要循规蹈矩,否则便成了野孩子,惟有到了过年时节可以沐恩解禁,任意的作孩子状。除夕之夜,院里撒满了芝麻秸儿,孩子们践踏得咯吱咯吱响是为"踩岁"。闹得精疲力竭,睡前给大人请安,是为"辞岁"。大人摸出点什么作为赏赉,是为

"压岁"。

新正是一年复始,不准说丧气话,见面要道一声"新禧"。房梁上有"对我生财"的横披,柱子上有"一人新春万事如意"的直条,天棚上有"紫气东来"的斗方,大门上有"国恩家庆人寿年丰"的对联。墙上本来不大干净的,还可贴上几张年画,什么"招财进宝""肥猪拱门",都可以收补壁之效。自己心中想要获得的,写出来画出来贴在墙上,俯仰之间仿佛如意算盘业已实现了!

好好的人家没有赌博的。打麻将应该到八大胡同去,在那里有上好的骨牌,硬木的牌桌,还有佳丽环列。但是过年则几乎家家开赌,推牌九、状元红、呼幺喝六,老少咸宜。赌禁的开放可以延长到元宵,这是惟一的家庭娱乐。孩子们玩花炮是没有腻的。九隆斋的大花盒,七层的九层的,花样翻新,直把孩子看得瞪眼咋舌。"冲天炮""二踢脚""太平花""飞天七响""炮打襄阳",还有我们自以为值得骄傲的可与火箭媲美的"旗火",从除夕到天亮彻夜不绝。

街上除了油盐店门上留个小窟窿外,商店都上板,里面常是锣鼓齐鸣,狂擂乱敲,无板无眼,据说是伙计们在那里发泄积攒一年的怨气。大姑娘、小媳妇擦脂抹粉的全出动了,三河县的老妈儿都在头上插一朵颤巍巍的红绒花。凡是有大姑娘、小媳妇出动的地方,就有更多的毛头小伙子乱钻乱挤。于是厂甸挤得水泄不通,海王村里除了几个露天茶座坐着几个直流鼻涕的小孩之外没有什么可看,但是入门处能挤死人!火神庙里的古玩、玉器摊,土地祠里的书摊画棚,看热闹的多,买东西的少。赶着天晴雪霁,满街泥泞,凉风一吹,又滴水成冰,人们在冰雪中打滚,甘之如饴。"喝豆汁儿,就咸菜儿,琉璃喇叭大沙雁儿",对于大家还是有足够的诱惑。此外如财神庙、白云观、雍和宫,都是人挤人、人看人的局面,去一趟把鼻子、耳朵冻得通红。

新年狂欢拖到十五。但是我记得有一年提前结束了几天,那便是民国元年①,阴历的正月十二日。在普天同庆声中,中华民国第一任大总统袁世凯先生嗾使北军第三镇曹锟驻禄米仓部队哗变,掠劫平津商民两天,这开国后第一个惊人的年景使我到如今不能忘怀。

---

① 1912年。编者注。

北平的冬天

说起冬天，不寒而栗。

我是在北平长大的。北平冬天好冷。过中秋不久，家里就忙着过冬的准备，作"冬防"。阴历十月初一屋里就要生火，煤球、硬煤、柴火都要早早打点。摇煤球是一件大事。一串骆驼驮着一袋袋的煤末子到家门口，煤黑子把煤末子背进门，倒在东院里，堆成好高的一大堆。然后等着大晴天，三五个煤黑子带着筛子、耙子、铲子、两爪钩子就来了，头上包块布，腰间褡布上插一根短粗的旱烟袋。煤黑子摇煤球的那一套手艺真不含糊。煤末子摊在地上，中间做个坑，好倒水，再加预先备好的黄土，两个大汉就搅拌起来。搅拌好了就把烂泥一般的煤末子平铺在空地上，做成一大块蛋糕似的，再用铲子拍得平平的、光溜溜的，约一丈见方。这时节煤黑子已经满身大汗，脸上一条条黑汗水淌了下来，该坐下休息抽烟了。休毕，煤末子稍稍干凝，便用铲子在上面横切竖切，切成小方块，像厨师切菜切萝卜一般手法伶俐。然后坐下来，地上倒扣一个小花盆，把筛子放在花盆上，另一人把切成方块的煤末子铲进筛子，便开始摇了,就像摇元宵一样,慢慢的把方块摇成煤球。然后摊在地上晒。一筛一筛的摇,一筛一筛的晒。好辛苦的工作,孩子在一边看,觉得好有趣。

万一天色变,雨欲来,煤黑子还得赶来收拾,归拢归拢,盖上点什么,否则煤被雨水冲走,前功尽弃了。这一切他都乐为之,多开发一点酒钱便可。等到完全晒干,他还要再来收煤,才算完满,明年再见。

煤黑子实在很苦,好像大家并不寄予多少同情。从日出做到日落,疲乏的回家途中,遇见几个顽皮的野孩子,还不免听到孩子们唱着歌谣嘲笑他:

煤黑子,打算盘,
你妈洗脚我看见!

我那时候年纪小,好久好久都没有能明白为什么洗脚不可以令人看见。

煤球儿是为厨房大灶和各处小白炉子用的,就是再穷苦不过的人家也不能不预先储备。有"洋炉子"的人家当然要储备的还有大块的红煤白煤,那也是要砸碎了才能用,也需一番劳力的。南方来的朋友们看到北平家家户户忙"冬防",觉得奇怪,他不知道北平冬天的厉害。

/ 辑三 /

记得当时年纪小

一夜北风寒，大雪纷纷落，那景致有得瞧的。但是有几个人能有谢道韫女士那样从容吟雪的福分。所有的人都被那砭人肌肤的朔风吹得缩头缩脑，各自忙着做各自的事。我小时候上学，背的书包倒不太重，只是要带墨盒很伤脑筋，必须平平稳稳的拿着，否则墨汁要洒漏出来，不堪设想。有几天还要带写英文字的蓝墨水瓶，更加恼人了。如果伸手提携墨盒墨水瓶，手会冻僵。手套没有用。我大姐给我用绒绳织了两个网子，一装墨盒，一装墨水瓶，同时给我做了一副棉手筒，两手伸进筒内，提着从一个小孔塞进的网绳，于是两手不暴露在外而可提携墨盒墨水瓶了。饶是如此，手指关节还是冻得红肿，作奇痒。脚后跟生冻疮更是稀松平常的事。临睡时母亲为我们备热水烫脚，然后钻进被窝，这才觉得一日之中尚有温暖存在。

北平的冬景不好看么？那倒也不。大清早，榆树顶的干枝上经常落着几只乌鸦，呱呱的叫个不停，好一幅古木寒鸦图！但是还不及西安城里的乌鸦多。北平喜鹊好像不少，在屋檐房脊上吱吱喳喳的叫，翘着的尾巴倒是很好看的，有人说它是来报喜，我不知喜自何来。麻雀很多，可是竖起羽毛像披蓑衣一般，在地面上蹦蹦跳跳的觅食，一副可怜相。不知什么人放鸽子，一队鸽子划空而过，盘旋又盘旋，白羽衬青天，哨子忽忽响。又不知是哪一家放风筝，沙雁蝴蝶龙睛鱼，弦弓上还带锣鼓。隆冬之中也还点缀着一些情趣。

225

过新年是冬天生活的高潮。家家贴春联、放鞭炮、煮饺子、接财神。其实是孩子们狂欢的季节,换新衣裳、磕头、逛厂甸儿,流着鼻涕举着琉璃喇叭大沙雁儿。五六尺长的大糖葫芦糖稀上沾着一层尘沙。北平的尘沙来头大,是从蒙古戈壁大沙漠刮来的,平时真是胡尘涨宇,八表同昏。脖领里、鼻孔里、牙缝里,无往不是沙尘。这才是真正的北平的冬天的标帜。愚夫愚妇们忙着逛财神庙、白云观去会神仙,甚至赶妙峰山进头炷香,事实上无非是在泥泞沙尘中打滚而已。

在北平,裘马轻狂的人固然不少,但是极大多数的人到了冬天都是穿着粗笨臃肿的大棉袍、棉裤、棉袄、棉袍、棉背心、棉套裤、棉风帽、棉毛窝、棉手套。穿丝棉的是例外。至若拉洋车的、挑水的、掏粪的、换洋取灯儿的、换肥子儿的、抓空儿的、打鼓儿的……哪一个不是衣裳单薄,在寒风里打颤?在北平的冬天,一眼望出去,几乎到处是萧瑟贫寒的景象,无需走向粥厂门前才能体会到什么叫做饥寒交迫的境况。北平是大地方,从前是辇毂所在,后来也是首善之区,但也是"朱门酒肉臭,路有冻死骨"的地方。

北平冷,其实有比北平更冷的地方。我在沈阳度过两个冬天。房屋双层玻璃窗,外层凝聚着冰雪,内层若是打开一个小孔,冷气就逼人而来。马路上一层冰一层雪,又一层冰一层雪,我有一次去赴宴,在路上连跌了两跤,大家认为那是寻常事。可是也不容易跌断腿,衣服穿得多。一位老友来看我,觌面不相识,因为他的眉毛须发全都结了霜!街上看不到一个女人走路。路灯电线上踞着一排鸦雀之类的鸟,一声不响,缩着脖子发呆,冷得连叫的力气都没有。更北的地方如黑龙江,一定冷得更有可观。北平比较起来不算顶冷了。

冬天实在是很可怕。诗人说:"如果冬天来到,春天还会远么?"但愿如此。

北平的街道

"无风三尺土,有雨一街泥",这是北平街道的写照。也有人说,下雨时像大墨盒,刮风时像大香炉,亦形容尽致。像这样的地方,还值得去想念么?不知道为什么,我时常忆起北平街道的景象。

北平苦旱,街道又修得不够好,大风一起,迎面而来,又黑又黄的尘土兜头洒下,顺着脖梗子往下灌,牙缝里会积存沙土,喀吱喀吱的响,有时候还夹杂着小碎石子,打在脸上挺痛,眯眼睛更是常事,这滋味不好受。下雨的时候,大街上有时候积水没膝,有一回洋车打天秤,曾经淹死过人,小胡同里到处是大泥塘,走路得靠墙,还要留心泥水溅个满脸花。我小时候每天穿行大街小巷上学下学,深以为苦,长辈告诫我说,不可抱怨,从前的道路不是这样子,甬路高与檐齐,上面是深刻的车辙,那才令人视为畏途。这样退一步想,当然痛快一些。事实上,我也赶上了一部分的当年交通困难的盛况。我小时候坐轿车出前门是一桩盛事,走到棋盘街,照例是"插车",壅塞难行,前呼后骂,等得心焦,常常要一小时

/ 辑三 /

记得当时年纪小

以上才有松动的现象。最难堪的是这一带路上铺厚石板,年久磨损露出很宽很深的缝隙,真是豁牙露齿,骡车马车行走其间,车轮陷入缝隙,左一歪右一倒,就在这一步一倒之际脑袋上会碰出核桃大的包左右各一个。这种情形后来改良了,前门城洞由一个变四个,路也拓宽,石板也取消了,更不知是什么人作一大发明,"靠左边走"。

北平城是方方正正的坐北朝南,除了为象征"天塌西北地陷东南"缺了两个角之外没有什么不规则形状,因此街道也就显着横平竖直四平八稳。东四西四东单西单,四个牌楼把据四个中心点,巷弄栉比鳞次,历历可数。到了北平不容易迷途者以此。从前皇城未拆,从东城到西城需要绕过后门,现在打通了一条大路,经北海团城而金鳌玉蛛,雕栏玉砌,风景如画,是北平城里最漂亮的道路。向晚驱车过桥,左右目不暇给。城外还有一条极有风致的路,便是由西直门通到海淀的那条马路,夹路是高可数丈的垂杨柳,一棵挨着一棵,夏秋之季,蝉鸣不已,柳丝飘拂,夕阳西下,景色幽绝。我小时读书清华园,每星期往返这条道上,前后八年,有时骑驴,有时乘车,这条路给我的印象太深了。

北平街道的名字,大部分都有风趣,宽的叫"宽街",窄的叫"夹道",斜的叫"斜街",短的有"一尺大街",方的有"棋盘街",曲折的有"八道湾""九道湾",新辟的叫"新开路",狭隘的叫"小街子",低下的叫"下洼子",细长的叫"豆芽菜胡同"。有许多因历史沿革的关系意义已经失去,例如,"琉璃厂"已不再烧琉璃瓦而变成书业集中地,"肉市"已不卖肉,"米市胡同"已不卖米,"煤市街"已不卖煤,"鹁鸽市"已无鹁鸽,"缸瓦厂"已无缸瓦,"米粮库"已无粮库。更有些路名称稍嫌俚俗,其实俚俗也有俚俗的风味,不知哪位缙绅大人自命风雅,擅自改为雅驯一些的名字,例如,"豆腐巷"改为"多福巷","小脚胡同"改为"晓教胡同","劈柴胡同"改为"辟才胡同","羊尾巴胡同"改为"羊宜宾胡同","裤子胡同"改为"库资胡同","眼乐胡同"改为"演乐胡同","王寡妇斜街"改为"王广福斜街"。民初警察厅有一位刘勃安先生,写得一手好魏碑,搪瓷制的大街小巷的名牌全是此君之手笔。幸而北平尚没有纪念富商显要以人名为路名的那种作风。

北平,不比十里洋场,人民的心理比较保守,沾染的洋习较少较慢。东交民巷是特殊区域,里面的马路特别平,里面的路灯特别亮,里面的楼房特别高,里面打扫得特别干净,但是望洋兴叹与鬼为邻的北平人却能视若无睹,见怪不怪。北平人并不对这一块自感优越的地方投以艳羡眼光,只有二毛子准洋鬼子才直眉瞪眼的往里面钻。地道的北平人,提着笼子架着鸟,宁可到城根儿去溜达,也不肯轻易踱进那一块瞧着令人生气的地方。

北平没有逛街之一说。一般说来,街上没有什么可逛的。一般的铺子没有窗橱,因为殷实的商家都讲究"良贾深藏若虚",好东西不能摆在外面,而且买东西都讲究到一定的地方去,用不着在街上浪荡。要散步么,到公园北海太庙景山去。如果在路上闲逛,当心车撞,当心泥塘,当心踩一脚屎!要消磨时间么,上下三六九等,各有去处,在街上遛馊腿最不是办法。当然,北平也有北平的市景,闲来无事偶然到街头看看,热闹之中带着悠闲也蛮有趣。有购书癖的人,到了琉璃厂,从厂东门到厂西门可以消磨整个半天,单是那些匾额招牌就够欣赏许久,一家书铺挨着一家书铺,掌柜的肃客进入后柜,翻看各种图书版本,那真是一种享受。

北平的市容,在进步,也在退步。进步的是物质建设,诸如马路、行人道的拓宽与铺平,退步的是北平特有的情调与气氛逐渐消失褪色了。天下一切事物没有不变的,北平岂能例外?

东安市场

北平的东安市场,本地人简称为"市场",因为当年北平内城里像样子的市场就只有这么一个。西城也有一个西安市场,那是后来兴建的,而且里面冷冷落落,十摊九空,不能和东安市场相比。北平的繁盛地区历来是在东城。

我家住的地方离市场很近,步行约二十分钟,出胡同口转两个弯,就到了。市场的地点是在王府井大街金鱼胡同西口的把角处。我十岁左右的时候,常随同兄弟姊妹溜达着去买点什么吃点什么或是闲逛一番。

东安市场有四个门,金鱼胡同口内的是后门(也称北门),王府井大街的是前门,前门往南不远有个不大显眼的中门,再往南有个更不大显眼的南门。

进前门,左手是市场管理处,属京师警察厅左一区。墙上吊挂着一排蓝布面的记事簿子,公事桌旁坐着三两警察,看样子很悠闲。照直往前走,短短一截路,中间是固定的摊贩,两边是店铺。这条短路衔接着南北向的一条大路,这大路是市场的主干线。路中

/ 辑三 /
记得当时年纪小

间有密密丛丛的固定摊贩，两边都是店铺。路面是露天的，可是各个摊贩都设法支起一个布帐篷，连接起来也可以避骄阳细雨。直到民国元年[①]二月间（壬子年正月十二日），大总统袁世凯唆使陆军第三镇曹锟驻禄米仓部队兵变，大掠平津，东安市场首当其冲，不知为什么抢掠之后还要付之一炬。那一夜晚我在家里看到熊熊大火起自西南，黑的白的浓烟里冒着金星，还听得到噼噼啪啪的响。这一把火把市场烧成一片焦土。可是俗语说"烧发，烧发"，果不其然，不久市场重建起来了，比以前更显得整齐得多。布帐篷没有了，改为铅铁棚，把整条街道都遮盖起来，不再受天气的影响。有一点像现今美国的所谓 Mall（商场街），只是规模简陋许多，没有空气调节。

我逛市场总是从后门进去，一进门，觌面就是一个水果摊，除了各色水果堆得满坑满谷之外，还有应时的酸梅汤、玻璃粉、果子干，以及山里红汤、温㬇、炒红果、糊子糕、蜜饯杏干、蜜饯海棠，当然冬天还有各样的冰糖葫芦。这些东西本来大部分是干果子铺或水果店发卖的货色，按照北平老规矩，上好的水果都是藏在里面的，摆在外面的是二等货，识货的主顾一定要坚持要头等货，伙计才肯到里面拿出好货色来，这就是"良贾深藏若虚"的道理。市场的水果摊则不然，好货色全摆在外面，次货藏在桌底下。到市场买水果很容易上当，通常两个卖主应付一个买主，一个帮助买主

[①] 1912 年。编者注。

挑挑拣拣，好话说尽，另一个专管打蒲包，手法利落，把已拣好的好货塞到桌下，用次货掉包，再不然就是少放几个，买主回家发现徒呼负负而已。北平买卖人道德低落在民初即已开始，市场是最好的奸商表演特技的地方。不过市场的货色，至少从表面上看，是很漂亮诱人的。即以冰糖葫芦而论，除了琉璃厂信远斋的比较精致之外，没有比市场更好的。再往前走几步，有个卖豌豆黄的，长方的一块块，上面贴上一层山楂糕，装在纸匣里带回家去是很可口的一样甜点。

进后门右手有一座四层楼，也是火烧后的新建筑。这楼名为森隆，算是市场最高大的建筑物了。楼下一层是稻香村，顾名思义是专卖南货。当年北平卖南货的最初是前门外观音街的稻香村，道地的南货，店伙都是杭州人，出售的货色不外笋尖、素火腿、沙胡桃、甘草橄榄、半梅、笋豆、香蕈、火腿之类，附带着还卖杭垣舒莲记的折扇。沿街也偶有卖南货的跑单帮的小贩。森隆的稻香村虽是后起，规模不小，除了南货也有北货。特制的糟蛋、醉蟹等都很出色。森隆楼上是餐馆，二楼中餐，三楼西餐，四楼素食。西菜很特别，中国菜味十足，显得土气，吃不惯道地西菜的人趋之若鹜。

进后门左转照直走，就看见吉祥茶园。当年富连成的科班经常在此上演，小孩儿戏常是成本大套的，因为人多，戏格外热闹，尤其是武戏，孩子们是真卖力气。

谭富英、马连良出师不久常在这里演唱。戏园所在的地方，附近饮食业还能不发达？东来顺润明楼就在左边。东来顺是回教馆，以氽烤羊肉驰名，其实只是一个中级的馆子，价钱便宜，为大众所易接受，讲到货色就略嫌粗糙，片羊肉没有正阳楼片得薄，一切佐料也嫌简陋。因为生意好，永远是乱哄哄的，堂倌疲于奔命，顾客望而生畏。润明楼就更等而下之，只好以里肌丝拉皮为号召了，只是门前现烙现卖的褡裢火烧却是别处没有的，虽然油腻一点。右边有一家大鸿楼，比较晚开的，长于面点，所做的牛肉面，汤清碗大，那一块红亮的大块肥瘦肉，酥烂香嫩，一块不够可以双浇，大有上海的风味，爆鳝过桥也是一绝。

从吉祥戏院门口向右一转是一片空场，可是一个好去处。零食摊贩一个挨着一个。豆汁儿、灌肠、爆肚儿、豆腐脑、豆腐丝，应有尽有。最吸引人的是广场里卖艺的，耍坛子的，拉大篇的，耍狗熊的，耍猴儿的，还有变戏法的。我小时候常和我哥哥到市场看变戏法的，对于那神出鬼没无中生有的把戏最感兴味。有一天寒风凛冽，一大群人围观，以小孩居多。变戏法的忽然取出一条大蛇，真的活的大蛇，举着蛇头绕场巡走一周，一面高呼："这蛇最爱吃小孩的鼻涕……"在场的小孩一个个的急忙举起袖子揩鼻涕，群众大笑。变戏法的在紧要关头倏的停止表演，拿起小锣就敲，"镗！镗！镗！""财从旺地起，请大家捧捧场。"坐在前排凳上的我哥哥和我从衣袋里掏出几个铜板往场地一丢，这时候场地上只有疏疏落落的二三十个铜板，通常一个人投一个铜板也就够了，我们俩投了四五个,变戏法的登时走了过来,高声说:"列位看见了么,这两位哥儿们出手多大方!"这时候后面站着的观众一个个的拔腿就跑,变戏法的又高声叫:"这几位爷儿们不忙着跑啊,家里蒸着的窝头焦不了!"但是人还是差不多都跑光了。

从后门进来照直走,不远,右手有一家中兴号,本来是个绒线铺,实际上卖一切家用杂货,货物塞得满满的,生意茂盛。店主傅心斋精明强干,长袖善舞,交游广阔,是东安市场的一霸。绒线铺生意太好,他便在楼上开辟出一个中兴茶楼,在绒线铺中央安装一个又窄又陡的木梯,缘梯而上,直登茶楼。茶楼当然是卖茶,逛市场可以在此歇歇腿儿,也可以教伙计买各种零食送到楼上来,楼上还有几个雅座。傅掌柜的花样多,不久他卖起西餐来了。他对常来的茶客游说:"您尝尝我们的咖喱鸡,我现在就请您赏脸,求您品题,不算钱,您吃着好,以后多照顾。"一吃,果然不错。那时候在北平,吃西餐算时髦,一般人只知道咖喱的味道不错,不知道咖喱是什么东西,还以为咖喱是一种植物的果实,磨成粉就是咖喱粉,像咖啡豆之磨成咖啡那样。傅掌柜又说:"您吃着好,以后打个电话我们就送到府上,包管是滚热的,多给您带汤。"一块钱可以买四只小嫩鸡煮的整只咖喱鸡,一大锅汤。不久他又有了新献:"您尝尝我们的牛扒。是从六国饭店请来的师傅。半生不熟的,外焦里嫩的,煎得熟透的,任凭您选择。"牛扒是北平的词儿,因为上海人读排为扒,北平人干脆写成为牛扒。中兴茶楼又拓展到对面的一层楼上，场面愈大，也学会了西车站食堂首创的奶油栗子粉。这一道甜点心，没人不欢迎，虽然我们中国的奶油品质差一点，打起来稀趴趴的不够坚实。

中兴的后身有两座楼，一个是丹桂商场，一个我忘了名字。这两座楼方形，中间是摊贩的空场，一个专卖七零八碎的小古董小玩意儿，一个是卖旧书。古董里可真有好东西，一座座玻璃罩的各种形式的座钟，虽然古老，煞是有趣。古钱币、鼻烟壶、珠宝景泰蓝等也不少。价钱没有一定，一般人不敢问津。北平特产的小宝剑小挎刀是非常可爱的。我在摊子上买到过一个硬木制的放风筝用的线桄子，连同老弦，用了多少年都没有坏，而且使用起来灵活可喜。我也在书摊上买到过好几部明刻本诗集，有一部铅字排的仇注杜诗随身携带至今，书页都变成焦黄色了。

斜对着中兴，有一家葆荣斋，卖西点，所做菠萝蛋糕、气鼓、咖啡糕等等都还可以，只是粗糙一些，和法国面包房的东西不能比。老板姓氏不记得了，外号人称"二楞子"，有人说他是太监，是否属实不得而知。市场西点后起的西点还有两家，起士林和国强，兼做冷饮小吃，年轻的人喜欢去吃点冰淇淋什么的。有一家丰盛轩酪铺，虽不及门框胡同的，在东城也算是够标准的了，好像比东四牌楼南大街的要高明些。

越过起士林往南走，是一片空地，疏疏落落的有些草木，东头有一个集贤球房，远远的可以听到辘辘响，那是保龄球，据说那里也有台球。我从来没有进去过。那个时代好像只有纨袴子弟或市井无赖才去那种地方玩耍。

逛市场到此也差不多了,出南门便是王府井大街,如有兴致可以在中原公司附近一家茶馆听白云鹏唱大鼓,刘宝全不在了,白云鹏还唱一气,老气横秋,韵味十足。那家茶馆设备好,每位客人占大沙发一个,小茶几一个,舒适至极。

听完大鼓,回头走,走到金鱼胡同口,宝华春的盒子菜是有名的,酱肘子没有西单天福的那样肥,可是一样的烂,熏鸡、酱肉、小肚、熏肘、香肠无一不精,各买一小包带回家去下酒卷饼,十分美妙。隔壁天义顺酱园在东城一带无人不知,糖蒜固然好,甜酱萝卜更耐人寻味,北平的萝卜(象牙白)品质好,脆嫩而水分少,而且加糖适度,不像日本的腌渍那样死甜,也不像保定府三宗宝之一的酱菜那样死咸。我每次到杭州我舅舅家去,少不了带点随身土物,一整块宝华春青酱肉,一大篓天义顺酱萝卜,外加一盆月盛斋酱羊肉,两个大苤蓝,两把炕笤帚。这几样东西可以代表北平风物之一斑。

现在的北平变了。最近去过的人回来报导说,东安市场的名字没有了,原来的模样也不存在,许许多多好吃好玩的事物也徒留在记忆里,只是那块土地无恙。儿时流连的地方,悠闲享受的所在,均已去得无影无踪。仅仅三四十年的工夫,变化真大!

出版后记

本书精选《雅舍小品》等梁实秋文集中的文章，比较多种梁实秋散文集版本。为了保持作品原貌，本次出版只是修改了原文中一些明显的不便于理解的错字，对标点做了统一和规范，对文章中外国人名、俗语等添加了注释。在编辑过程中，我们吸收了国内许多专家的研究成果。

重庆市北碚博物馆馆长莫骄先生、党支部书记辛颖女士、党支部副书记罗雅女士、公众教育部主任李小青女士、展览研究部副主任张芷莹女士、展览研究部杜沁女士和曾杰先生，梁实秋纪念馆傅冠俊先生、江村先生、杨金先生、李双女士、黎猫女士、朱芯莹女士等，对我们的工作给予了全力支持与帮助，在这里一并致以衷心的感谢。